당신에게도
꼭 그런 사람이 있기를

최라라 산문집

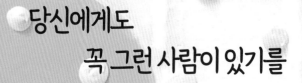

1. 모녀

늦은 저녁을 먹으러 칼국수 집에 갔다. 영업이 끝나갈 무렵이라 테이블은 거의 비어있었다. 옆 테이블에는 나처럼 늦은 식사를 하러 온 가족이 앉아있었는데 아무래도 친정엄마와 딸과 손녀인 듯 보였다. 어린아이는 서너 살쯤 되어 보였는데 숟가락을 가지고 장난을 치면서 어른들을 곤란하게 했다. 할머니는 손녀를 어르고달래며 사이사이 밥을 한 숟가락씩 먹였고 딸은 맞은 편에 앉아 국수를 먹고 있었다. 친정엄마는 딸을 그윽이 바라보며 천천히 먹으라는 눈짓을 보냈다. 그러면서 자신의 국수 그릇을 딸 쪽으로 밀어주었다.

친정엄마의 국수 그릇은 늦게 간 내가 국수를 다 먹을 때까지 그대로였다. 아마도 국수는 간신히 형체를 유지할 정도로 퉁퉁 불었을 것이고 국물도 사라져 물 빠진 논처럼 축축하기만 했을 것이다.

저녁 내내 그 장면이 사라지지 않았다. 자신도 배가 고팠을 시간인데 그것은 아랑곳없이 딸이 맛있는 국수를 먹게 하려는 친정엄마의 마음이 옆에 앉은 나에게까지 전해져 가슴이 먹먹했다.

언젠가 토론회에서 자신이 언제까지 살고 싶은지에 대해 말하는 시간이 있었다. 어떤 이는 육십까지 정도 살면 충분하겠다고 했고 어떤 이는 팔십 즈음까지면 하고자 하는 일을 다 할 수 있지 않겠느냐고 말했다. 대부분 생애 동안 이루어야 할 일에 대한 기한을 정하고 거기에 따라 삶의 여정을 계획하고 있었다. 나는 서슴없이 내 딸이 결혼을 하고 아이를 낳으면 몸조리를 시켜 주고 난 다음의 나이면 좋겠다고 말했다. 난 정말 언제나 그 나이까지면 좋겠다는 생각을 하곤 했다. 아무래도 내게 엄마가 있었으면 좋겠다고 가장 간절하게 생각하던 시기가 그때였기 때문일 것이다. 국수를 먹으면서 옆 테이블에 앉은 모녀를 보는 순간 그 이야기들이 다시 떠올랐다.

여자들은 삶에서 겪고 넘어야 할 고비들이 많다. 그럴 때 친정엄마는 크나큰 힘이 된다. 엄마는 딸이 걸어갈 길을 먼저 걸어가 본 인생 선배로서 그 누구보다 진심 어린 조력자가 될 수 있다. 딸이 아파하고 힘들어하는 것을 말하지 않아도 고스란히 알아차릴 수 있는 사람이 엄마 외에 또 있을까. 그 어떤 모습으로, 그 어떤 자리에 있더라도 온전히 딸의 편에서 있어 줄 사람이 엄마 외에 또 있을까. 국수 그릇을 앞에 놓고 손녀와 실랑이를 벌이며 자신의 딸에게 편하게 먹으라고 손짓하던 어머니, 간간이 딸을 쳐다보던 그녀의 눈빛은 더없이 행복해 보였다.

가족 형태가 달라지면서 친정엄마에 대한 이미지가 조금 바뀌었을 수도 있다. 누군가의 딸이기는 하나 친정엄마는 되지 못할 수도 있고 반대로 친정엄마를 가지지 못하는 딸이 있을 수도 있다. 그러나 여전히 엄마라는 말은 그 말만으로도 마음이 무장해제 되고 짓누르던 삶의 비애가 털끝처럼 느껴지게 하기에 충분하다. 그러므로 딸에게 있어서는 그보다 더한 마음의 안식처가 없을 것이다.

늘 친정엄마를 그리워하던 자리에서 이제 나도 멀지 않아 친정엄마가 될 나이가 되었다. 내가 애타게 그리워했던 것을 거울삼아 사랑으로 돌려주려 하겠지만 딸도 그것을 원할지는 모를 일이다. 그렇지만 그냥 옆에 있어 주는 것만으로도 큰 힘이 되리라는 확신은 든다. 친정엄마는 존재 그 자체만으로도 더없는 바람벽이 될 것이므로.

다음은 딸과 목욕탕에 다녀와서 쓴 시이다.

며칠 있으면 객지로 떠날 딸과 목욕탕엘 갔다
등 돌려 봐 앞으로 한참 못 밀어줄지도 모르니까,
선수 치는 딸에게 등을 맡기고
하수구로 가려고 졸졸 소리 내며 흐르는
물줄기를 바라보았다
네 손에 힘이 제법 생겼구나
세상은 등 미는 일과 다를 바 없지
지금만큼의 정성만 들인다면
못 견딜 일은 또 없단다

내 마음을 읽는 듯
아이가 등에 손바닥을 붙이고 잠시 멈췄다
나는 등이 아픈 척 몸을 비틀다
아이를 향해 샤워기를 틀었다
아직 덜 여문 어깨
무얼 해도 처음처럼 불안해 보이는 종아리
때론 사정없이 밀어붙여야 할 일도 있을 텐데
저 보드라운 손바닥으로 세상의 어떤 등을 밀 수 있을까
우리는 한참 동안 말없이 그렇게 앉아있었다
'미끄럼 주의' 그 글자만 뚫어져라 쳐다보면서
　　　　　－최라라 「미끄럼 주의 구역에서」

2. 생강편 만들기

싱싱한 생강을 고르기부터가 시작이다. 내가 만든 생강편을 누가 먹을 것인가에 대한 생각도 시작의 일부분이다. 가을에서 겨울로 계절이 바뀌는 즈음, 김장을 하는 손들이 분주해지는 즈음이 생강의 계절이다. 생강은 한쪽이 썩거나 곰팡이가 피었을 때 그 부분만 도려내고 먹으려 해서는 안 된다는 것이다. 보이지 않지만 그 성분이 생강에 전체적으로 퍼져있어서 과감하게 통째로 버려야 한다. 씻고 다듬는 공을 들이기 전 발견할 수 있으면 가장 좋겠지만 그렇지 못하더라도 안타까워하지 말아야 한다. 그보다 더 큰 공을 들여도 포기하고 잊어야 할 일들이 우리에게는 얼마나 많은가.

말끔하게 씻고 다듬어진 생강을 1-2mm 두께로 썬다. 생강은 대체로 단단하고 크기가 작고 둥글어 손을 다치기 십상이다. 그러므로 한눈을 파는 것은 금물이다. 그렇게 정성들여 한조각한조각 잘 썰린 생강을 하루 동안 물에 담가 놓는데 생강이 가진 독하게 매운 성분이 그 정도는 지나야 순해진다. 사람이나 생강이나 마음을 정리하고 흥분을 가라앉히는 데에 시간이 필요하다. 생강은 우리나라 전통음식에 향신료로 사용하기도 하고 생선의 비린내와 육류의 누린내를 제거하는 데 사용하기도 한다. 내가 생강을 좋아하게 된 계기는 생강편을 통해서였다.

만학도 한 분이 자신이 직접 만든 거라며 생강편 한 통을 가방에 쑥 넣어주고 갔다. 생강은 향이 진해서 거부감을 가지고 있던 터라 며칠을 그렇게 가방에 넣고 다녔다. 그러다 공복으로 출근을 하던 중 갑자기 그 생강편이 떠올라 한 조각을 꺼내 입에 넣었다. 매운맛보다는 달콤함이 혀끝에 먼저 느껴졌는데 단맛이 매운맛을 중화시켜 묘한 뒷맛이 느껴졌다. 매운맛이라 빈속을 자극하지 않을까 걱정했지만 오히려 위를 편안하게 한다는 느낌이 들었다. 그래서 검색해본 결과 생강이 위뿐만 아니라 심장이나 혈행의 개선에도 좋은 효과가 있다고 했다. 더욱이 면역력을 강화시켜주기도 하고 여성 질환도 예방하는데, 평소 손발이 차거나 생리통이 심한 여성들에게 효과가 있다고 했다. 또한 항산화 작용이 뛰어나 활성산소를 억제하여 잔병치레를 막고 노화도 방지해주어 중년여성들에게 좋다는 것이었다. 세상에 좋은 효과가 이렇게나 넘치는 생강이라니!

매운맛이 빠지도록 그렇게 하루를 지나는 사이 너를 잊지 않았노라,

확인이라도 시켜주듯 물을 몇 번은 갈아주어야 한다. 이제 생강을 건져 물을 붓고 끓이는 과정이다. 갈 길을 반 즈음은 간 셈이나 강도 높은 오르막이 있으므로 긴장을 놓아서는 안 된다. 끓기 시작하면 불을 낮춰 매운맛이 충분히 빠져나올 때까지 약불에서 삼십 분 즈음을 더 끓인다. 취향에 따라 시간은 조절하면 되는데 매운맛을 좋아하면 빨리 건져내면 된다. 물기를 빼고 난 뒤 설탕의 무게와 1:1비율이 되도록 냄비에 넣고 졸이는데 이때 유기농 원당을 쓰는 것이 건강에 도움이 될지도 모른다.

물기가 줄어들고 나면 불을 줄여 하얀 결정체가 형성될 때까지 쉼 없이 저어야 한다. 껍질을 벗기고 써는 시간만큼 힘든 시간이나 다만 이때는 한눈을 팔아도 된다. 옆에 한 사람을 앉혀놓고 조곤조곤 이야기를 나누다 보면 눈 깜짝할 사이처럼 짧게 느껴지는 시간이기도 하리라.

마침내 생강이 하얀 옷을 입고 딱딱한 편이 되는 순간, 힘들었던 과정들이 그렇게 하얀 옷을 입고 마음속에서 꽃처럼 피어나는 것을 느낄 수 있을 것이다. 이제 오랫동안 공들이고 기다렸던 그 순간이다. 가장 예쁘게 만들어진 한 조각을 집어 그 사람의 입에 넣어주는….

3. 시월이 가을에게

나는 시월입니다. 나는 당신의 심장이지만 당신의 일부에 지나지 않습니다. 내 안에는 활짝 핀 코스모스가 있고 진녹의 바다가 있고 깃발 휘날리며 돌아오는 만선의 고깃배가 있습니다. 내가 코스모스 한 송이를 강둑에 내려놓을 때 당신은 자신도 모르게 손끝을 떨거나 가슴에 손을 갖다 댔을지도 모릅니다. 내가 망망대해를 떠돌다 돌아오는 바람을 쓸어 텅 빈 모래사장에 내려놓을 때 당신은 눈을 가늘게 뜨고 먼 수평선을 하염없이 바라보았을지도 모릅니다. 나는 당신의 가장 중심에 서 있기 때문입니다.

누군가의 중심에 서 있다는 것은 누군가의 중심이 되어주고 싶다는 뜻입니다. 중심이 된다는 것은 손차양을 해준다는 뜻이며 옷깃을 끌어당

14

겨 단추를 채워준다는 말입니다. 그것은 하얀 냅킨을 깔고 수저를 놓아
준다는 뜻이며 민망하지 않게 입가 닦을 휴지를 내밀어 준다는 뜻이며
신발을 돌려놓아 준다는 뜻입니다.

그것은 상대방이 눈치채지 않게 하려는 선의의 의도가 있어야 하고 눈
치채지 못하여도 섭섭해하지 않는 당연함이 있어야 합니다. 어쩌다 상대
방이 눈치채고 고마워, 한마디 한다면 기쁠 수도 있지만 그것보다는 쑥
스러움이 앞서는 마음이라야 합니다. 그러므로 누군가의 중심이 된다는
것은 까치발을 들어 상대의 자리를 편하게 만들어주는 것이며 자신의 흔
적을 지움으로써 상대의 자취가 아름답게 빛나도록 하는 것입니다.

나는 시월입니다. 나는 당신의 중심에 서 있지만 나를 몰라준다 하더
라도 아무 상관없습니다. 내가 당신의 중심일 수 있는 것은 당신이 존재
하기 때문이라는 것을 알기 때문입니다.

나는 당신의 부름으로 꽃을 피우고 당신의 부름으로 단풍을 물들일 뿐
나는 당신으로 인하여만 존재할 수 있습니다. 나는 당신의 중심이지만
당신의 일부에 불과하기 때문입니다.

내 안에도 중심은 있습니다. 나도 모르는 어떤 중심이 나의 눈을 들어
황금 들판을 보게 하고 나의 손을 들어 누군가의 손을 잡게 하기도 합니
다. 나는 가끔 한 번도 본 적 없는 내 중심에 대해 생각하곤 합니다. 신

호라도 보내주듯 심장이 쿵쿵거리면 그곳에 가만히 손을 얹어보기도 합
니다. 그렇지만 여기 있구나, 나는 단지 느낄 뿐 그것을 본 적은 없습니
다. 나는 그 중심이 듣지 못한다는 걸 알면서도 한 번씩 중얼거리곤 합
니다. 고마워….

나는 당신의 중심이며 내가 스러지면 당신이 상심할까 걱정이지만 그
또한 당신이 받아들일 것을 압니다. 그 순간에도 나는 당신의 중심으로
존재할 것이기 때문입니다. 스러지는 것도 당신의 삶이며 언젠가 다시
일어서는 것도 당신의 삶이므로 나는 다른 이름으로 불릴 뿐 당신에게
서 떠난 적이 한 번도 없습니다.

나는 당신의 중심에 서 있고 당신의 그 어디에도 내가 들어있지 않은
곳은 없습니다. 나는 당신이 날마다 코스모스처럼 웃기를 바라지만 당
신의 침묵과 슬픔 속에서도 중심이 될 것입니다.

4. 우리는 같은 강물에
손을 씻을 수 있을까

고대철학자 헤라클레이토스가 남긴 말, '우리는 같은 강물에 손을 씻을 수 없다.' 세상은 변화하는 그 자체이며 그 변화를 다스리는 것이 있다고 그는 생각했다. 그것을 그는 로고스(Logos)라고 불렀다.

로고스는 어떤 것을 움직이는 원리이자 법칙이며 논리 등을 뜻한다고 한다. 그러면 사람에게도 사람을 움직이는 원리나 법칙이 있을까. 그렇다면 그것은 무엇일까. 일반적으로 사람들은 자신의 마음이 움직였다는 평가에 대해서 부정적인 반응을 보인다. 특히 사랑에 대한 약속이나 우정에 대한 맹세가 그러하다는 말을 들었을 때는 분노하기까지 한다. 정말 움직이지 않는 마음이 있을까. 그 변화를 다스리는 원리가 있다면 무엇일까.

정말 변하지 않는 것이 있을까. 바뀌는 계절을 바라보는 마음, 상대방이 변했다는 사실을 받아들이는 마음…. 강물은 흐르고 사람들은 그 강물에 손을 씻는다. 한마음인 양 서로를 보며 웃고 즐거운 한때를 보낸다. 그리고 그 순간 어쩌면 자신들이 정말 같은 강물에 손을 담그고 있다는 생각을 할지도 모른다. 그러나 그들이 정말 같은 강물에 손을 담그고 있는 것일까. 혹시라도 그들이 착각하는 것이거나 착각인 줄 알면서도 모르는 척하는 것은 아닐까.

우리가 모르는 척하면서 살아가는 것에 대해 생각해 보자. 나는 어제 앞사람의 이 사이에 끼인 고춧가루를 모른 척했다. 친구의 애인이 다른 여자와 걸어가는 걸 모른 척했다. 이 외에도 수많은 일을 모른 척 지나쳤다. 어떤 일은 착각이라고 스스로 위안 받기도 하면서. 사람들은 모르는 척 민감하게 알고 있다. 언제나 같은 강물에 손을 씻을 수 없음을.

강물이 아니라 시간에 대해 생각해 보면 조금 쉬울까. 이 글을 처음 시작하던 나와 지금의 나는 같을까. 처음 시작할 때의 나는 하루의 반을 산 나였다면 지금의 나는 그것보다 20분을 더 살았다. 그러니까 나는 20분만큼 변화한 것이다. 그렇다면 20분 전의 나와 지금의 나는 같은 생각을 가졌을까. 그러니까 초지일관 같은 사람일까.

초지일관 한 가지 생각을 하고 초지일관 한 사람을 사랑한다고 말하면 처음과 같은 것일까. 처음과 같은 것이 있을까. 초지일관을 외치는 그 마음도 처음과 같다고 할 수 있을까. 그렇다면 변화하지 않는 것은 무엇일까. 변화하지 않는다고 말하는 그 변화 외에 변하지 않는 것은 무엇일까.

그러니까 이것은 고집일 수 있다. '나는 변하지 않는 마음을 가졌어.'

세상은 변화를 거듭하지만 우리는 사람에 대해서, 특히 사랑하는 사람에 대해서는 변화하지 않기를 바란다. 나는 움직이고 있다는 걸 인지하면서도 상대방은 움직이지 않기를 주문한다. 그렇다면 우리가 사람에 대해서, 사람의 마음에 대해서 실패하거나 실망하지 않는 방법은 무엇일까.

아우렐리우스는 사색을 중요하게 생각했다. 그리고 자신의 사색을 일기처럼 써서 『명상록』이라는 책을 남겼다. 여기에서 사색한다는 것은 변화를 받아들이고 있는 그대로를 인정하는 것이다. 그러니까 사색은 있는 그대로를 받아들일 수 있는 한 가지의 방법이라는 것이다.

있는 그대로를 받아들이는 것, 어쩌면 이것이 삶에서 가장 현명한 방법인지도 모른다. 굳이 같은 강물에 손을 씻어야 할 필요가 있을까. 같은 강물에 손을 씻을 수 없다는 것을 인정하면 그만인 것이다. 변하지 않는 것은 없다는 것을 받아들이면 변화가 아무것도 아닌 것이 되는 것이다.

타인의 일거수일투족에 관심이 많아지고 있다. 그 관심이 상대방을 묶고 상대방을 힘들게 하는 경우도 있다. 우리는 그 누구와도 같은 강물에 손을 씻을 수 없다. 아무리 사랑한다고 하더라도 그것은 불가능하다. 다만 그 불가능을 극복하는 방법은 있다. 그것을 잘 아는 것이다.

5. 처음앓이

음력의 새해가 밝았다.

해돋이를 보러 가는 인파는 줄어들고 가족이나 친지를 찾아가는 발길
은 늘어났다. 선물세트를 들고 다니는 사람들의 모습도 늘어났다. 단체
이름으로 쏟아지는 문자가 공해라고 하는 사람도 있지만 희망을 기원해
주는 덕담이 많을수록 나는 기분이 좋다. 그 많은 새해의 물결 속에 휩
쓸려 나도 이제 또 다른 삶 속으로 들어왔다.

나의 어린 시절, 설은 새 옷이나 새 신발 등과 같이 왔다. 그것을 머
리맡에 두고 자는 설렘은 경험해보지 않고는 짐작도 할 수 없는 즐거움
이자 행복이었다. 그 시절, 명절 전 주말이면 엄마는 나를 외갓집에 보

내곤 하셨다. 외갓집에 가기 전 시장에 가서 새 옷을 한 벌 사 주셨는데 집으로 돌아올 때면 그 옷으로 갈아입고 오는 것이었다. 위로 오빠가 다섯이나 되고 보니 설이라 해서 새 옷을 산다는 것은 불가능한 일이었다. 층층으로 헌 옷을 물려받아 입곤 하던 때였으므로 아버지는 새 옷을 산다는 말만 나와도 불호령을 내리곤 하셨다. 그래서 엄마가 나를 위해 생각해 낸 것이 외갓집에서 새 옷을 입고 돌아오는 것이었다. 물론 아버지는 외할머니가 사주신 옷을 입고 왔다고 생각하셨다. 집에서 아버지 농사일을 돕던 둘째 오빠는 그 사실을 모두 알고 있었으므로 아버지가 뭐하러 새 옷을 사주셨느냐고 미안해하면 나를 향해 눈을 찡긋해 보이곤 했다.

이제 새 옷이나 새 신발 등에 관한 설렘은 사라진 지 오래다. 특별한 날이라 해서 새 옷을 사 입는다는 문화도 사라졌고 그것을 특별하다는 범주에 넣어 생각하지 않은 지도 오래됐다. 날마다 새로운 것들로 주위는 차고 넘친다. 새로운 식당이 생겨나고 새로운 전자제품들이 진열되고 그 새로운 곳을 순회하며 새로움에 대해 무뎌져 가고 있는 현대인들. 새로운 것에 대한 충격을 되살려봐야 할 때다.

나는 알 수 없는 쓸쓸함이나 우울한 기분이 엄습할 때면 처음에 대해 생각하는 습관이 있다. 늘 같은 신발을 신으면서도 그 신발이 나에게 처음 온 날을 생각해보기도 하고, 소매가 낡은 옷을 입으면서도 그 옷이 처음 나에게 왔던 순간에 대해 생각해보기도 한다. 양말 한 짝이라도 우리에게 아무런 의미 없이 와 있는 것은 없다. 선물을 받았건 내가 골랐건 그것이 내 것이 되는 순간 특별한 의미가 생성되는 것이다. 그렇게 하나하나 기억을 더듬다 보면 자욱하던 안개 같은 것이 걷히고 어느새 처음의 그 자리에 마음이 가 있어서 기분이 밝아지고 맑아지는 것이다.

명절 후유증을 앓는 주부들이 많다는 뉴스가 종종 보도되고 있다. 나는 그들에게 특효약으로 '처음 앓이'를 권해보고 싶다. 나는 어린 시절의 새 옷이나 새 신발에 대한 추억만으로도 며칠은 행복해질 수 있는데, 그와 비슷한 추억을 찾아보라고 권해보고 싶다. 처음 짜장면을 먹었던 때, 처음 목욕탕에 들어갔던 때, 첫 아이가 태어나던 때, 그 아이가 결혼하던 때…. 눈물 없이는 더듬을 수 없는 순간이 얼마나 많은가. 사람은 누구나 새로운 것을 갈망하고 새로운 것에 환호하고 새로운 것을 찾아 헤맨다. 막 오픈한 가게가 잘 되는 것은 처음이라는 의미를 마음에 두고 있는 사람들이 그토록 많다는 것을 입증하는 셈인지도 모른다.

이제 내 마음에 새겨져 있는 새로운 것에 대한 오래된 기억으로 스스로를 치유해보자. 바깥으로 떠도는 의미 없는 허상에 매달리기보다는 내 마음으로 나를 치유함으로써 내가 나로 우뚝 서게 하자. 나는 다른 사람에 의해서가 아니라 나 스스로 만족할 수 있을 때 행복해지는 법이다. 내가 나를 대접함으로써 행복해지게 하자. 오늘 저녁은 가장 맛있었던 어린 시절의 첫 음식 하나를 준비하여 나에게 융숭한 대접을 해 보자.

6. 스승의 은혜

'선생님, 전 오늘 좀 일찍 출근했어요. 그래서 음악 들으면서 여유를 누리고 있어요. 전 최근 조금 우울해서 기분전환을 하려고 애쓰고 있는데 잘 안되는 거 같아요. 아무래도 갱년기 증상 때문인가 봐요.'

'갱년기라 생각하는 순간 갱년기가 되고 우울하다는 생각을 하는 순간 우울하기 시작해요. 모두가 자기가 만든 뱀에 물리는 거래요. 기분이 가라앉을 때는 되도록 멀리 내다보고 주위를 돌아보세요. 무엇보다 감사하는 마음을 갖는 게 가장 확실한 행복의 길이래요. "아, 내가 나쁜 꿈을 꾸고 있구나." 라고 생각해 봐요. 세상에서 마음의 평화를 해칠 만큼 대단한 일은 아무것도 없고 모든 허물은 나에게 있다는 걸 잊지 마세요. 파이팅!'

선생님께 스승의 날 축하 문자를 보내는 내용 중의 일부였는데 이렇게 답장을 주셨다. 선생의 의미를 백과사전에서는 학문이나 덕망이 높은 사람, 혹은 사회적으로 존경받을 만한 위치의 사람, 학예가 뛰어난 사람 등을 일컫는다고 한다. 말 그대로 풀이하자면 다른 사람보다 먼저 태어난 사람 또는 먼저 온 사람을 의미한다고 한다. 나의 스승께서는 선생은 먼저 걸어간 사람이라고 하셨다.

그제가 스승의 날이었다. 90년대까지만 해도 스승의 날은 학교 행사 중 큰 행사였다. 학교로 향하는 학생들의 손에는 색종이로 만든 빨간 카네이션 한 송이씩이 들려 있었고 양말 한 켤레나 손수건 한 장을 포장해서 들고 가는 친구들도 있었다. 부모들도 아이들에게 선생님을 존경하고 감사의 마음을 표시하는 것이 당연하다고 가르쳤으며 담임선생님 앞에서는 자신들도 자식처럼 두 손을 모으고 공손한 자세로 서 있곤 했다. 스승의 날 행사를 계기로 선생들도 학생들도 마음이 하나가 되어 훈훈해졌으며 어떤 선생들은 뭉클해져서 제자들을 더 아끼고 사랑하겠노라 다짐하기도 했다.

이제는 스승의 날에 휴교하는 학교가 많다고 한다. 카네이션을 들고 학교로 가는 아이들을 볼 수도 없고 선생들 또한 찾아오는 학생이나 학부모가 부담스러워 자리를 피한다고 한다. 교권 존중과 스승 공경의 취지로 60년대부터 시작된 스승의 날은 그 이름만 있을 뿐 학생들에게도 선생들에게도 특별했던 의미가 사라져가고 있다. 관계에 대해 생각해

보게 된다. 사람은 사회적인 동물이며 사회성은 가정에서 출발하여 학교를 통해 완성하게 된다. 가정은 다분히 폐쇄적이고 편파적인 사회성을 길러줄 우려가 있으므로 일반사회에서 경험할 수 있는 사회성을 배우기에는 여러모로 역부족이다. 그러므로 학교에서의 직·간접적인 경험을 통해 삶에 대해 차근차근 터득해 가야 한다. 가정에서 부모, 형제 간에 지킬 예의가 있듯이 학교에서는 선생, 학우들 간에 지켜야 할 예의가 있다. 그것이 장차 살아갈 사회생활의 기본이자 중심이 된다.

선조들은 스승의 그림자도 밟으면 안 된다고 하였다. 이것은 스승의 위엄을 말하려는 것이 아니라 배우는 사람의 도리를 말하는 것이다. 마음속에 스승을 품은 사람과 그렇지 않은 사람은 차이가 있다고 들었다. 스승을 품은 사람은 앞으로 걸어갈 길에 대해 흔들림 없이 고민할 줄 아는 사람이고 돌다리를 두드려 보고 건널 줄 아는 사람이다. 살얼음판의 경고를 들을 줄 아는 사람이고 해야 할 것과 하지 말아야 할 것에 대해 심사숙고할 줄 아는 사람이다.

수십 년이 지나도 나의 스승은 한결같은 자리에서 제자들을 속속들이 들여다보곤 하신다. 그 어떤 고민도 풀 수 있는 실마리를 주시고 속마음을 단번에 읽어 잘못된 길이라 일러주신다. 그러면서 높은 자리에 있거나 특별한 자리에 머무는 것이 아니라 단지 내가 갈 길을 당신이 먼저 걸어가 보았을 뿐이라고 하신다. 제자의 마음을 이보다 더 시원하게 헤아려주실 수 있을까. 나는 등대 같은 말씀을 잡고 따라가기만 하면 되는 것이다. 선생님의 말씀을 다시 새겨본다. "무엇보다 감사하는 마음을 갖는 게 가장 확실한 행복의 길이래요…." 내 삶은 선생님의 이런 말씀을 통해 달라지고 있다.

7. 나는 '나'라는 꽃

고등학교 시절, 나와 오랜 기간 짝지로 지내던 친구가 있었다. 우리는 키가 비슷해서 3년 내내 옆이나 그 근처에 앉곤 했다. 성격이 밝아서 큰 소리로 까르르 잘 웃고 친구들의 이야기에 반응도 적극적이라서 어디에 서든 누구하고든 자연스럽게 잘 섞여 지내던 친구였다. 반면 나는 성격이 좀 소극적이라 내 자리를 별로 뜨지 않고 가만히 앉아서 지내는 경우가 많았다. 다른 사람의 이야기를 조용히 듣기만 할 뿐 박장대소하며 맞장구 칠 줄도 몰랐다. 그러면 그 친구가 내 자리로 와서 다른 친구에게서 들은 이야기를 이것저것 들려주기도 하고 자기가 생각하고 있던 이런저런 이야기들을 들려주기도 했다. 그러던 어느 날부턴가, 내 책상 속에 편지가 한 통씩 들어있기 시작했다. 어떤 날은 아침에, 어떤 날은 점심 무렵에 편지가 들어있었다. 늘 큰소리로 잘 웃던 그 친구가 넣어 둔

것이었다.

 공책 한 장을 칼로 반듯하게 잘라서 만든 편지지에는 이런저런 이야기들이 빼곡히 적혀있었다. 평소에 말하지 않았던 힘든 학교생활과 자신의 집 이야기까지…. 조곤조곤 적혀있었는데 이야기로 나눌 때보다 훨씬 진정성 있게 들려서 또 다른 느낌으로 그 친구와 감정을 교류하기 시작했다. 그런데 다른 이야기를 하다가 뒷부분에는 언제나 '너는 예쁘고 공부도 잘하고…. 좋겠다'로 끝맺음을 하는 것이었다. 내가 다닌 고등학교는 워낙 시골에 있던 학교라 굳이 공부를 열심히 하지 않아도 성적이 나왔고, 그러다 보니 크게 차이 날 것도 없는 성적이었다. 그리고 나는 지금 그렇듯 그때도 제법 통통한 편이었으며 특히 팔이나 다리가 굵어서 내 나름의 콤플렉스를 가지고 있었는데 그 친구는 그렇지도 않았다. 나는 단발머리였는데 머리도 무척 길었고 나보다 훨씬 날씬했다. 그래서 답장에다 내가 그렇게 써서 보내면 그 친구는 다시 그게 아니라고 극구 부인하며 내가 부럽다는 편지를 보내오곤 했다. 3년 동안 제법 많은 편지를 주고받았는데 그런 이야기가 늘 반복되어 그 친구의 이미지가 나에게 그렇게 각인되고 말았다.

 그런데 얼마 전 어떤 자리에서 누군가가 내 팔에 대한 이야기를 꺼냈다. 말을 꺼낸 사람은 튼튼한 내 팔이 부럽다는 거였고 예나 지금이나 나는 여전히 그것을 콤플렉스로 생각하고 있던 터라 반응이 고왔을 리없었다. 내가 얼마나 정색을 하고 말했던지 말을 꺼낸 사람이 놀라서 다시 전화로 나를 이해시키려는 일까지 있었다. 그런데 그 후로 며칠 연달아 무슨 일인지 사람들이 연거푸 내 팔에 대해 말하는 것이었다. 그래서 고등학교 시절 내가 그토록 '너도 예뻐'라고 하는데 그걸 곧이듣지 않던 친구에 대해 생각해 보게 되었다. 다시 살펴보니 내 팔은 정말 튼튼하게 생겼다. 짧은 소매 옷을 입으면 맵시가 좀 안 나기도 하지만 그래도 지금 건강하다는 건 맵시보다 훨씬 중요한 일이다.

드 멜로 신부는 사람을 행복하게 하거나 불행하게 하는 것은 세상이나 주위 사람이 아니라 바로 머릿속에 있는 '생각'이라고 했다. 그리고 그는 "행복을 얻기 위해서는 무엇을 해야 할까요? 당신도, 그 누구도 할 일은 없습니다. 왜일까요? 지금, 이 순간 이미 행복하기 때문입니다"라고 말했다. 지금 내가 가진 것, 내가 생각하는 것, 이것만으로도 이미 나는 충분히 행복한 사람이라는 말이다.

자신이 가진 것보다는 안 가진 것에 눈이 가는 것은 어쩔 수 없는 일이다. 그러므로 있는 것을 없거나 모자란다고 생각하기 일쑤다. 머릿속으로는 수도 없이 되뇌지만 다른 사람들 앞에 서면 나 자신은 작아 보이고 타인은 커 보이는 것도 그런 이유일 것이다. 그렇지만 노력으로 그것을 극복할 수 있다는 걸 알게 되었다. 아침에 눈을 뜨면 먼저 나를 불러 보는 것이다. 나는 참 예쁘다, 나는 참 건강하다, 열 번 정도만 외치면서 눈을 떠보자. 그리고 자신의 가장 예쁜 곳을 떠올려 보자. 입가에 미소가 저절로 맺힐 것이다. 다만 그럴 때 반드시 명심할 것이 있다. 다른 사람 누구도 내 생각 속으로 개입시키지 말아야 한다. 다른 사람의 눈이 아니라 내 눈으로 나를 보아야 하기 때문이다. 그 어느 아침보다 기분 좋게 아침을 맞이할 수 있을 것이다.

우리는 모두 한 송이 꽃이다. 향기가 다르고 생김새가 다르고 피는 시기가 조금 다를 뿐 모두가 한 떨기 꽃이다. 너는 꽃이라 명명하기 전에 먼저 중얼거려 보자. 나는 '나' 라는 꽃이다.

8. 상처의 힘

샤워를 하는데 종아리 아래가 따끔거려 내려다보았더니 제법 깊은 상처가 나 있었다. 피까지 맺혀 있었으니 날카로운 어딘가에 부딪힌 듯했는데 도무지 아무런 기억이 없었다. 언제 이랬을까, 수많은 순간이 스쳐가도 끝내 떠오르지 않는 한순간….

일찍 잠이 깬 어떤 날은 누운 채로 지난날을 더듬어볼 때가 있다. 그럴 때 내 습관은 하루를 최대한 세분화시켜보는 일인데 처음에는 밤과 낮으로 나누고 그다음은 아침, 점심, 저녁으로 나누고 차츰 시간 단위별로 쪼개어 더듬어보곤 한다. 어떤 날은 시간을 더 잘게 쪼개어보기도 하는데 그 시도는 성공하기가 쉽지 않다. 이런 내 습관은 시간을 잘 쓰는 방법과 관련이 있는데, 매 순간을 잘 기억하는 것만이 시간을 잘 쓰는 방법이라는 한 소설가의 말에서 기인한 것이다.

 일반적으로 나이가 들면서 시간이 뭉텅뭉텅 사라지는 듯한 느낌이 드는 것은 시간을 망각하면서 살기 때문이라고 한다. 나의 의식적인 시간 나누기 방식은 글쓰기와 관련된 훈련이기도 하지만 한편으로는 나이를 극복하려는 의식적인 시도이기도 하다. 매 순간을 기록하거나 기억하는 것이 하루를 길게 쓸 수 있는 방법 중 하나였기 때문이다. 그러나 참 쉽지 않은 일이다. 잠시 한눈팔다 보면 하루가 감쪽같이 사라져버리기 때문이다.

 간혹 어떤 계기를 통해 그런 순간을 실감할 때가 있다. 종아리에 난 상처를 통해 나는 감각 없이 보낸 시간에 대해 깜짝 놀라며 또 그렇게 보냈구나, 반성하게 되었다. 물론 그 상처가 낫고 상처의 느낌이 사라지면 다시 그런 망각을 반복하겠지만.

 그래서 나는 어떤 상처든 힘을 가졌다고 생각한다. 상처는 우리에게 고통이 아니라 힘이 될 수 있다. 마음의 상처든 몸의 상처든 그 상처가 우리를 괴롭히던 순간을 생각해보자. 적어도 그 순간 우리는 아파하고 또한 후회하기도 하고, 그렇지만 한편으로는 앞으로 나아갈 방향에 대한 방안을 고심하지도 않았던가. 상처가 큰 것이었을수록 우리는 크나큰 변화를 겪을 것이고 다시는 그런 상처 속으로 들어가지 않으려고 안간힘을 쓸 것이다. 고통 속에서 평생 허우적거리며 살기를 원하는 사람은 아무도 없으므로 상처는 결국 우리를 변화시키는 혹은 성장시키는 힘이 되는 것이다.

샤워를 마칠 때까지 내가 생각한 것은 따끔거리는 그 상처에 대해서가 아니라 무감하게 지나온 시간에 대한 것이었다. 새끼손톱 크기의 상처 하나를 통해 나는 나를 반성하는 시간을 갖게 되었다. 그 작은 상처를 통해 내 마음속에 있던 큰 상처를 떠올렸고 그것이 나를 끊임없이 걸어오게 했다는 것을 알게 되었다. 그런 상처의 나날들이 없었다면 내 삶은 소용돌이 하나 없는 웅덩이처럼 악취나 풍기고 있지 않았을까.

그러니까 지금 우리에게 피맺힌 상처가 나 있다 하더라도 걱정할 것은 없다. 잠시만 그 상처 속으로 들어가 보자. 흐르는 물에 상처를 씻으며 우리의 삶을 자극하고 채찍질하는 그 상처의 소리를 들어보자. 상처가 아픈 것은 우리 몸이 그것을 극복하려는 보상기전에 불과할 뿐, 그것 때문에 고심할 것은 없다. 우리의 몸은 한곳에 문제가 생기면 그것을 극복하려는 방어체계를 스스로 세운다. 그러니 지금 그 어떤 상처 속에 있다 하더라도 걱정할 것은 없다. 다만 주의할 점은 그 상처가 덧나게 해서는 안 된다는 점이다. 또 다른 상처를 동시에 만드는 것도 금물이다. 지금 앓고 있는 상처의 힘을 믿어보라. 그것을 자세히 들여다보고 그 안에 든 삶을 느끼고 사랑해보라. 당신은 그것의 힘으로 내일을 더 잘 살아갈 수 있을 것이다.

9. 배우 현빈

내가 그를 처음 만난 건 십여 년 전이다. 나는 그를 자세히 지켜보고 있었고 그는 허공을 보듯 인파를 내려다보고 있었다. 그날은 그가 입대하는 날이었다. 팬들을 향해 큰절을 하고 일어선 그의 눈이 젖어있었다. 그 순간을 보지 못했더라면 나는 그를 영원히 알지 못했을 수도 있다.

그를 검색하기 시작했다. 인기가 한창인 배우였으므로 그의 신상을 조사하는 일은 어렵지 않았다. 그의 학력이나 가족관계, 여자 친구에 관해서까지 순식간에 내 눈으로 흘러들어왔다. 무엇보다 그가 출연했던 드라마나 영화를 빠짐없이 조사했다. 그때까지 출연했던 드라마가 많지는 않은 편이어서 그날로 그것들을 섭렵하기 시작했다. 그리고 '더 스페이스' 라는 그의 팬 카페에 가입을 했다. 드라마 속 그는 훌륭한 연기력의 소유자였고 각종 인터뷰 속의 그는 진중한 청년이었다. 나는 그의 팬 카페를 통해 그에게 편지를 쓰기 시작했다.

나의 편지는 어느 날은 수필이었다가 어느 날은 시였다가 어느 날은 소설이었다. 하루 일을 끝내고 책상에 앉으면 그에게 쓰는 편지를 시작으로 나의 또 다른 하루가 시작되곤 했다.

그때 나에게 현빈이라는 배우는 그야말로 보이지 않는 존재, 알 수 없는 존재, 닿을 수 없는 존재였다. 그러니까 허상이기도 하고 꿈이기도 하고 현실이기도 한 존재였다. 십여 년이 지난 지금 그때 가졌던 설렘은 이미 사라졌다. 다만 남은 건 그 순간 변화하던 내 모습이다. 화면을 통해서만 존재가 되던 그는 허상이나 다름없었다. 그럼에도 나는 즐겁고 슬프고 아픈 순간을 그를 통해 경험하고 있었다. 종교인들이 가진 맹목성과는 차이가 있겠지만 빛깔로 따지자면 여하튼 그것에 가까운 것이었다.

'아무것도 하지 않는 것보다는 무엇이라도 하는 것이 좋다. 아무도 사랑하지 않는 것보다는 허상이라도 사랑하는 것이 좋고 아무 꿈도 꾸지 않는 것보다는 악몽이라도 꾸는 게 낫다. 에베레스트가 유명해진 데에는 그 산이 아무나 오를 수 없는 곳이라는 걸 알기 때문일 것이다. 멀리 있을수록 꿈꾸는 시간은 길 것이며 불가능할수록 그 꿈은 오랫동안 달콤할 것이다.'

내가 내 문학의 시간 속으로 현빈이라는 배우를 불러들인 것은 이런 차원이었다. 그는 내게 먼 산이었고 불가능한 현실이었다. 그러므로 그를 향해 사랑을 고백하여도 아무도 욕하지 않았으며 그를 향해 삿대질을 하여도 아무도 나를 나쁘다고 하지 않았다. 나는 편안하게 그를 빌려 썼고 그는 한 마디의 긍정도 부정도 없이 내 책상 위에서 혹은 양치 컵 속에서 웃고 있었다.

 가능하지 않은 현실을 꿈꿀 때 오는 달콤함은 특별하다. 현실을 비관하고 비판하는 것보다는 어쩌면 그게 나을지도 모른다. 주머니에 든 동전보다는 팔을 뻗다 결국은 플라스틱 자를 동원해서 꺼내는 소파 밑의 오백 원짜리 동전이 더 귀하게 느껴지는 법이다.

 현빈에게 매일 편지 쓰기를 시작하고 일 년이 지났을 때 나는 시를 쓰는 일이 두렵지 않게 되었다. 어떤 주제 앞에서도 멈칫거리지 않을 수 있었고 말더듬이처럼 끊어지곤 했던 문맥이 제 흐름을 찾을 수 있게 되었다. 현빈은 나에게 제대로 된 시 쓰기 연습을 시켜준 셈이었다.

 내 기억 속에서 배우 현빈은 여전히 입대의 날을 맞고 있다. 모자를 벗어들고 짧은 머리를 드러내며 겸연쩍게 웃다가 눈시울을 적시는 어린 사슴이다. 지금 그는 어떤 모습으로 배우의 길을 가고 있는지 모를 일이고 그가 바로 내 앞에 나타난다 하여도 나는 그를 몰라볼지도 모를 일이다. 꿈이란 그런 것이다. 깨고 나면 아무것도 아니지만 그 꿈을 꾸기 위해 오늘도 잠을 자고 또 하루를 열심히 살아가게 되는 것이다. 아무리 꿈꿔도 현빈이 내 앞에 나타날 일은 없다는 걸 알면서도….

10. 내 손은 약손

오늘 당신의 손은 무엇을 하였을까? 떨어뜨린 볼펜을 줍거나 입을 가리고 웃는 것 외에 무엇을 하였을까? 간혹은 누군가를 향해 손가락질을 했을 것이고 손사래를 저어 누군가의 말문을 막기도 했을 것이다. 숟가락을 들고 음식을 먹기도 했을 것이고 음식물 쓰레기를 버리려고 현관을 나서다 오물을 손에 묻히기도 했을 것이다.

이렇듯 손으로 할 수 있는 일은 정말 무한하다. 그 일을 열거하기보다는 차라리 손으로 하지 못하는 일을 찾는 게 더 빠를 것이다. 그러나 그 또한 만만치는 않을 것이다. 하지 못할 일이 없기 때문이다. 한번 더듬어 보자. 당신은 아침에 눈을 뜨자마자 눈을 비볐을 것이고 전기 스위치를 누르거나 방문을 열었을 것이고 이를 닦거나 찻잔을 들거나 사랑하

는 사람의 등을 다독이거나 머리를 쓰다듬거나…. 손 없이 가능한 일이
도대체 무엇이 있을까.

또한 손은 다른 사람과의 소통을 위해서도 충분히 쓸모 있는 도구이
다. 가령 아침 출근길에 반가운 동료를 만났는데 손이 없다면 어떻게 하
겠는가. 고개를 흔들고 머리라도 맞대며 인사를 나누어야 할 것이다. 또
한 사랑하는 사람과 나란히 걷고 싶은데 손이 없다면 어깨를 부딪치며
걸을까, 발이라도 걸고 걸을 수 있을까, 생각해 보자. 만약 손이 없다
면…당신은 사랑을 어떻게 나눌 것인가.

손은 다양한 방식으로 우리 생활에서 중요한 역할을 차지하고 있다.
어렸을 때 배가 아프다고 하면 엄마는 어김없이 나를 무릎에 눕히고 배
를 쓸어내리곤 했다. '미야 배는 똥배 엄마 손은 약손…' 희한한 일은
그렇게 손으로 배를 쓸면 얼마 지나지 않아 배가 씻은 듯이 나았다는 것
이다. 그렇게 무릎 위에서 한숨을 자고 나면 엄마의 손이 쓸고 간 느낌
이 오랫동안 온몸에 남아 있었는데 그 느낌은 지금까지도 선연하다. 이
렇듯 손은 치유의 힘까지도 가지고 있다. 하기 싫은 일이 있을 때나 엄
마의 무릎을 베고 눕고 싶은 날에 꾀병처럼 배앓이를 앓으면 엄마의 손
은 배를 쓸어내렸다기보다는 마음을 쓸어내린 것이었으리라.

또 손이 특별하게 쓰이는 경우는 수화를 하는 사람들에 있어서다. 그
들은 소리 없이 수다를 떨고 슬픔을 나누고 웃음을 나눈다. 그 모든 것

을 오직 손이 감당한다. 그 소란스러운 수다의 풍경을 마주칠 때가 더러 있다. 그럴 때면 나도 모르게 그들의 대화 속으로 끼어들어 고개를 끄덕이거나 슬며시 웃어보기도 한다. 그들 대화의 의미는 알 수 없지만 그들의 손이 보여주는 현란한 대화는 꽃이 피는 모습 같기도 하고 벌이 날아다니는 모습 같기도 하여 미소를 띠지 않을 수 없는 것이다.

오래전 아르헨티나의 동굴에서 수많은 손이 찍혀있는 암각화가 발견됐다. 그것은 약 9천 년 전에 형성된 것으로 아이 손처럼 작고 예쁜 손의 도장들이었다. 두툼한 마디의 흔적이라고는 느껴지지 않는 그 암각화에서 전문가들은 손도장에 무슨 의미를 담아 신호를 보내려 했을 것이라는 추측을 했다. 그들은 손이 말을 할 수 있다는 것을 이미 알고 있었던 것이다. 그들이 무슨 대화를 나누었는지는 알 수 없지만 그 손도장을 보고 마음이 따뜻해지는 것은 그들의 대화가 분명 그러했기 때문이라는 추측은 전문가가 아니라도 충분히 감지할 수 있는 일이다.

나는 지금 손가락을 열심히 움직여 글을 쓰고 있다. 내 손은 두껍고 마디가 굵고 손등에는 혈관까지 울퉁불퉁하다. 그렇지만 이 손이 없었다면 입이나 다른 신체를 이용해 글을 썼을 것이고 그 불편함은 상상할 수 없을 만큼 컸을 것이다. 손에 대한 고마움이 새삼 특별해지는 순간이다. 오늘 오후에는 옛 추억을 떠올리며 딸아이의 배라도 쓰다듬어줘야겠다. 내 엄마의 손이 그러했듯 내 손도 약손이 될 수 있을 것이다. 당신 손 또한 마찬가지다. 누군가의 약손이 될 수 있다.

11. 그는 집을 얻고 그들은 집을 잃는다

최근 7번 국도나 대구~포항 간 고속도로를 지날 때면 로드킬 당한 동물들을 유난히 많이 보게 된다. 아직 숨이 붙어있는 듯 사지를 버둥거리는 짐승에서부터 이미 형체를 알아볼 수 없을 정도로 뭉개진 사체까지, 시외로 운전할 때면 어김없이 한두 번씩은 보게 되는 광경이다.

그런데 지난 휴일에는 시내 중심의 4차선 도로를 지나다가 아직 선혈이 도로바닥으로 흘러내리고 있는 짐승의 사체를 보았다. 같이 탄 사람들은 끊어진 목숨에 대한 안타까움에 혀를 차다가 고양이다, 족제비다, 아니다 오소리 같다 등 무슨 종류의 동물인지로 관심이 쏠렸다. 그 이유는 사람들의 주위에 사는 개나 길고양이 같은 경우라면 이리저리 방향을 잃고 뛰어다니다 달려가는 차에 부딪혔다고 볼 수도 있다. 그런데 본래 산이나 숲에 살아야 할 짐승이 도로로 내려와 로드킬 당한 거라면 문제가 다른 것이다.

최근 아파트 신축부지 조성 등으로 도심에 있던 낮은 산들이 하나둘씩 사라지기 시작했다. 산이었던 자리가 며칠 사이에 언덕이 되고 또 며칠이 지나면 평지가 되는 것이다. 그러다 그 자리에 사람들이 사는 집이 들어서고 얼마 지나지 않아 그곳이 산이었다는 것은 아무도 기억하지 못한다. 사람들은 산이었던 그곳에 보금자리를 틀고 안락한 삶을 누리는 것이다.

그런데 그곳이 산이었던 때, 나무가 있고 많은 풀이 자라던 때, 그곳을 보금자리로 살던 동물들이 있었다. 댐을 만들기 위해 한 동네가 수몰될 때 정부는 동네 사람들의 보금자리를 다른 곳으로 이주하도록 지원한다. 그러면 산을 하나 없앨 때 그곳에 살던 동물들에게 미리 이 산이 없어질 거라고 공지는 했을까. 산이 없어지니 다른 보금자리로 옮겨가라고 이주할 자리에 대한 안내도 했을까.

사람들이 사는 터전은 넓어지고 나무와 동물들이 사는 땅은 자꾸만 사라져 간다. 로드킬 당한 동물들은 대체로 사람들의 마을 근처가 터전인 경우가 많다. 사람들에게 별다른 해를 끼치지 않고 살았으므로 우리는 그들이 어디에 사는지 알 수도 없었다. 낮은 앞산에 살던 두더지가 마을로 내려와 사람들이 사는 동네의 땅을 파놓는 바람에 아파트가 무너졌다고 하는 뉴스는 들은 적도 없다. 그런 뉴스가 있었다면 코웃음 칠 것이다. 그들은 한 번도 그런 적이 없었기 때문이다.

그 산은 짐승들이 본래 주인이었다. 알 수 없는 거대한 존재가 어느 날 두 발로 아파트를 뭉개버리고 그곳에 자신들의 집을 짓는다면 어찌할 것인가. 우리말을 알아들을 생각도 하지 않는 존재가 우리 세계를 송두리째 부순다고 생각하면 어떤 느낌이 들까. 마을을 중심으로 병풍처럼 산이 둘러싸고 있는 동네를 사람들은 좋은 동네라고 한다. 도심이지만 낮은 뒷산이 있고 그 산을 산책하는 기쁨 또한 사람들이 누려온 즐거움이었다.

누군가는 집을 얻고 누군가는 집을 잃는다. 다른 누군가의 평화를 무너뜨리고야 얻는 행복이라면 고려해보는 것이 맞을 것이다. 얻는 대상도 잃는 대상도 아프지 않아야 한다.

12. 과속방지턱처럼

이른 아침, 앰뷸런스 소리가 아파트단지의 정적을 깨웠다. 일찍 깬 사람들 몇몇이 베란다 문을 열고 밖을 내다보았다. 기온이 내려가 싸늘한 아침 공기 속, 고개를 내민 사람들 사이에 걱정스런 눈빛과 몇 마디의 말이 오갔다. 귀에 닿기도 전 허공으로 사라지는 말이었지만 서로의 안부를 묻는 것이었다.

어디에서든 앰뷸런스 소리는 가슴을 철렁 내려앉게 만든다. 그 소리는 대부분 응급상황을 알리는 소리이며 불편과 불안을 주는 소리이다. 그 소리는 가슴을 쓸어내리게 만들고 알 수 없는 누구이든 큰일이 없기를 기원하게 한다. 특히 아파트단지 안으로 들어오는 구급차 소리는 더더욱 가슴을 철렁하게 한다. 그 대상이 어쩌면 나와 같이 엘리베이터를 탔던 사람일 수도 있고 어쩌다 동네 마트에서 계산대에 나란히 섰던 사람일 수도 있기 때문이다. 누군가 힘겨운 일에 직면해 있다는 신호는 듣는 사람에게 같은 느낌의 아픔을 주기도 한다.

언젠가 구급차를 탄 적이 있었다. 병원에서 집으로 돌아오는 구급차였는데 임종을 집에서 맞고 싶어하는 아버지의 바람 때문이었다. 아버지는 가쁜 숨을 몰아쉬면서도 산소마스크를 벗겨내려고 안간힘을 쓰고 있었다. 같이 탄 구급대원은 아버지의 귓가에 대고 어르신 이걸 하고 있어야 숨이 덜 찹니다, 하고 거듭 소리쳤지만 아버지는 의식을 잃어가는 중에도 그걸 떼 내려고 헛손질을 하곤 했다. 구급대원은 집에 도착하기도 전 임종을 맞을지도 모른다는 조바심 때문에 산소마스크를 연거푸 아버지의 입에 갖다 대면서 손을 제압하려고 했다. 기도가 제 기능을 잃어 산소가 공급되지 못하는 환자의 답답함을 수도 없이 보아온 나는 아무것도 할 수가 없었다. 아버지의 고통에 어찌할 바를 모르는 그냥 보호자일 뿐이었다.

구급차의 사이렌 소리는 언제나 그날과 닿아있다. 그래서 어디에서든 그 소리가 들릴 때마다 나는 가슴이 뛰고 안절부절못하게 된다. 그리고 가슴 아파하게 된다. 구급차 안에서 어떤 일이 벌어지고 있는지 나도 모르게 상상하게 되고, 환자와 간호사와 보호자, 제각각의 사투가 얼마나 처절한지 훤히 보는 것처럼 불안을 느끼게도 된다. 환자는 삶을 부여잡으려고 얼마나 애를 쓸 것이며 그것을 바라볼 도리밖에 없는 보호자는 또 얼마나 가슴을 쥐어뜯을까. 같이 탑승한 의료인은 제 본분을 다하기 위해 그 좁은 차 안을 얼마나 동분서주할까. 살아가면서 평생 안 듣고 살아도 좋을 소리가 있다면 그중 하나가 바로 구급차의 사이렌 소리가 아닐까 싶다.

이른 아침 들려 온 사이렌 소리로 하루 종일 마음이 무거워지는 날이다. 이런 날에는 조금 더 천천히 움직이기로 한다. 가을 하늘을 바라보기도 하고 단풍 들어가는 교정을 천천히 걸어보기도 한다. 바쁘다는 이유로 접어두었던 책을 펼치기도 하고 퇴고하지 못한 시를 꺼내어 들여다보기도 한다. 긴박한 사이렌이 나에게 주는 의미는 '조금 천천히'라는 의미이다. 앞만 보고 걸어가던 내 발걸음을 과속방지턱처럼 잡아 준 것이 사이렌인 셈이다. 분주히 흩어져 있던 시간이 긴장을 하며 내 앞으로 모여들었다. 오래 통화하지 못한 선생님께 전화도 드리고, 무심했던 친구에게 문자라도 보내야겠다는 결심을 한다.

시작인가 싶던 한 해가 벌써 끝 무렵이다. 돌아가기엔 너무 멀리 왔지만 멈췄던 일을 계속하기에 늦은 때는 아니다. 반성하고 돌아볼 수 있는 마지막 기회, 그 적당한 시간이 지금인 것 같다. 계획만 하고 못 했던 일과 시작하다 덮어두었던 일을 다시 꺼내 봐야겠다. 더 늦어진다면 정말 늦었다는 것을 알지도 못한 채 한 해를 보내게 될지도 모르겠다. 발을 브레이크 페달 위에 올리고 천천히 과속방지턱을 넘어야 한다. 사이렌 소리를 듣고 가슴을 쓸어내리는 우리 모두에게는 아직 두 달이 남았다.

13. 감탄의 효과

"많이 감탄해라, 될 수 있으면 많이 감탄해라. 많은 사람이 충분히 감탄하지 못하고 있으니까."

이 말은 서양 미술사상 가장 위대한 화가 중 한 사람으로 꼽히는 빈센트 반 고흐의 말이다. 그가 평생 그린 900여 점의 그림은 네덜란드에서 시작되어 프랑스에서 완성된다. 수많은 그림을 그렸으나 생전 단 한 작품밖에 팔지 못한 고흐, 그 가난한 고흐가 훌륭한 화가로서의 길을 포기하지 않을 수 있었던 것은 동생 테오가 있었기 때문이라고 한다. 고흐는 평생 그런 동생에게 고마운 마음을 전하는 편지를 썼고 그 편지를 통해 우리는 고흐를 속속들이 읽을 수 있게 되었다.

모델을 살 돈이 없어서 자화상을 그리면서 습작을 지속했다는 고흐. 그는 거울 속의 자신을 가장 훌륭한 모델로 삼은 화가였다. 고흐의 그림이 갈수록 웅숭깊은 무게를 가지고 그의 편지가 심오한 삶의 사유들로 점철될 수 있었던 것은 오랫동안 자신을 들여다보고 자신에 대해 고민하고 자신을 어떻게 그려야 더 잘 그릴 수 있을지를 궁리했기 때문이 아닐까.

　고흐가 연필을 움직이고 붓을 움직여 최대한 자세히 그려내기 위해 자신을 관찰하듯, 한 번이라도 그렇게 진지하게 거울 앞에 서본 적이 있었던가. 거울 앞에서 화장을 고치거나 옷맵시를 고치거나 머리를 만지려는 목적이 아니고 순전히 나를 들여다보고 관찰하기 위해 거울 앞에 선 적이 있었던가. 고흐의 그림이 어려움 속에서도 나날이 깊이를 더해간 것과 그의 편지가 보는 사람의 심장 한가운데에 닿을 수밖에 없었던 이유는 자신을 들여다보는 일과 무관하지 않을 것이다. 뚫어져라 나를 쳐다보는 거울 속의 나, 그 거울 속의 고흐는 고흐에게 변화하라고 말하고 더 노력하라고 말하고 포기하지 말라고 말했을 것이다. 그러므로 고흐가 절망 속에서도 절망하지 않을 수 있었던 이유는 '거울 속의 나'가 있었기 때문일지도 모른다.

　그러니까 한 번쯤 거울 속의 나를 향해 웃어주면 어떨까. 당신 참 예쁘군, 칭찬이라도 해주면 그 거울 속의 나는 정말 예뻐지려고 얼마나 많은 노력을 기울일까. 고흐는 그렇게 자신에게 감탄하면서 일생을 그림과 같이 살았는지도 모른다. 그러니까 나와 거울 속의 나와….

　그에게는 늘어난 주름살과 늘어난 흰머리와 자라난 수염이 얼마나 고마웠을까. 자신의 변화에 감탄하며 다양한 대상을 그릴 수 있어서 얼마나 행복했을까. 그러므로 많이 감탄하면서 살아야 한다는 고흐의 말은 크고 화려한 것에 대한 감탄이 아니라 끊임없이 변화하는 모습, 날마다 달라지는 모습에 대한 감탄이었을 것이라는 짐작이 된다.

　감탄을 한 적이 언제였는지 곰곰이 생각해 본다. 미세먼지 때문에 인상을 찌푸리거나 늘어난 주름살 때문에 한숨을 쉬거나 늘어난 수업시간 때문에 푸념을 한 것 외에 정말 내가 감탄을 해본 적이 언제였던가. 어쩌다 저녁 노을을 보거나 막 시작된 달의 꼭짓점을 봤을 때 감탄한 적이 있기는 하다. 그런데 그것마저 아득하다. 나는 왜 감탄을 이토록 아끼고만 있었을까.

　디아돌핀은 감동하거나 감탄할 때 생겨나는 호르몬이다. 엔돌핀의 4000배가 되는 효과를 발휘한다고 한다. 이것은 우리 몸에서 저항력과 생명력과 활력을 증진시키는 역할을 한다.

　이제 감탄해보자, 고흐가 그러했듯 거울 속의 나를 보면서 오늘은 디아돌핀이 생성되도록 크게 한 번 감탄해보자. 혹시 모를 일이다. 고흐처럼 훌륭한 예술가로 거듭날 수 있을지….

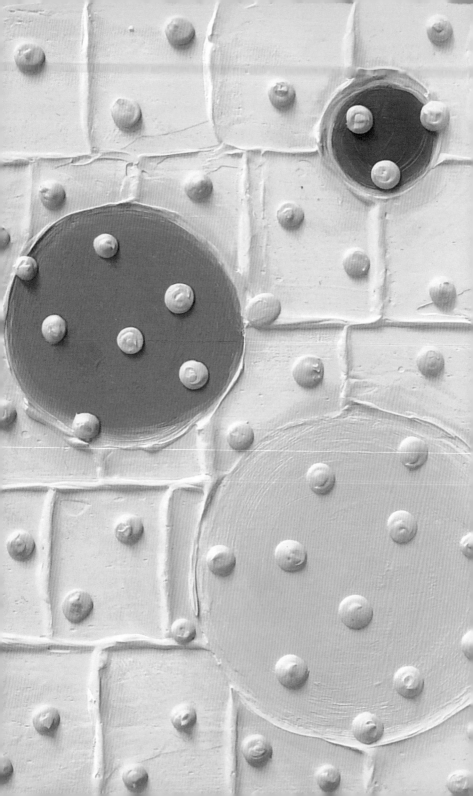

14. 당신에게도 꼭 그런 사람이 있기를

그곳에 도착했을 땐 바다 위로 내려앉았던 구름이 걷히고 있는 즈음이었다. 안개빛의 바다가 서서히 푸른빛으로 변해가는 것을 보면서 사람의 마음도 안이 보이는 투명한 창문을 가지고 있다면 내 마음의 안개가 저렇게 걷히는 모습이 보일 거라는 생각이 들었다.

최근 주위에 환자들이 늘어나고 있다는 소식을 들었다. 하던 공부를 멈춘 친구도 있고 직장을 포기하고 휴양을 떠난 친구도 있다. 가깝게는 입원을 한 지인도 있다. 원인을 알 수 없다고 알려진 병, 스트레스가 쌓여서 그럴 거라는 말은 정확한 원인을 규명하기 어렵다는 말이다. 그러나 분명한 것은 그 어떤 원인이라도 처음부터 우리 몸이 가지고 있었던 것. 잠재되어 있던 그것이 정확히 알 수 없는 계기를 통해 닫힌 문을 열고 밖으로 나온 것이다. 그러니까 정말 알 수 없는 것은 무엇이 그것으로 하여금 문을 열고 나올 수 있는 용기를 주었느냐는 것이다.

우리는 많은 병인을 스트레스라는 말로 일축한다. 그것만큼 불확실하고 도무지 납득할 수 없는 병명이 또 있을까. 긍정과 부정이라는 두 얼굴을 가진 스트레스는 우리가 살아 숨 쉬는 한 공생할 수밖에 없는 그야말로 삶의 일부다. 누군가를 사랑하게 되었을 때 심장을 콩콩 뛰게 하여 마음을 들뜨게 하는 것은 긍정의 스트레스다. 그러나 그 반대의 경우 그것은 금단의 문을 열고 스르르 밖으로 나와 우리 몸 일부분에 자신의 존재를 드러낸다. 아무도 원하지 않는다는 걸 알므로 그것은 흉측하고 괴팍하다.

스트레스는 팽팽히 조인다는 의미의 말이다. 우리는 날마다 팽팽한 긴장을 안고 살고 그 팽팽함의 고삐는 우리가 원하는 대로 조절되지 않는다. 가능하다면 누구에게 내 팽팽함의 수위를 좀 봐달라고 하고 싶지만, 일정수치가 되면 경고음이 울리는 기계라도 달고 싶지만, 아직 그런 기계가 만들어졌다는 이야기는 듣지 못했다. 아무리 뛰어난 인공지능이라 할지라도 알아낼 수 없는 이유는 그것은 오직 마음이라는 곳에만 정박하고 있기 때문이다. 결국은 스스로 어느 날은 국수라도 먹여 그 팽팽함이 느슨하게 하고, 어느 날은 금식이라도 하여 그것의 부피가 줄어들게 해야 한다.

그러니까 우선은 긍정적인 스트레스를 잘 키우는 방법부터 고민해 보자. 나는 어떨 때 기분이 좋은지 생각해보곤 한다. 그리고는 대체로 기분이 좋아지는 어떤 일이나 누군가를 떠올리는 방법을 쓴다. 다른 그 어떤 방법보다 간단하고 쉬운 일이다. 부정적인 스트레스가 몰려올 즈음이면, 자신의 얼굴이 붉어지거나 마음이 바닥까지 가라앉을 즈음이면 기분 좋아지는 한 사람을 신속히 불러들이는 것이다. 믿기지 않을 수도 있지만 한 번 시도해 본다면 효과적이라는 것을 알게 될 것이다.

　지금 나는 동해가 아득히 보이는 바닷가에 서 있고 기분의 전환이 필요하다. 누군가를 불러보려는 노력이 가끔은 허사가 되기도 하지만 끊임없는 노력은 결국 마음에 드리운 안개를 걷어내게 한다. 지금 내 안으로 들어와 나의 안개를 걷어주는 사람…. 당신에게도 꼭 그런 사람이 있기를 바란다.

며칠 있으면 객지로 떠날 딸과 목욕탕엘 갔다
등 돌려 봐 앞으로 한참 못 밀어줄지도 모르니까,
선수 치는 딸에게 등을 맡기고
하수구로 가려고 졸졸 소리 내며 흐르는
물줄기를 바라보았다
네 손에 힘이 제법 생겼구나
세상은 등 미는 일과 다를 바 없지
지금만큼의 정성만 들인다면
못 견딜 일은 또 없단다
내 마음을 읽는 듯
아이가 등에 손바닥을 붙이고 잠시 멈췄다
나는 등이 아픈 척 몸을 비틀다
아이를 향해 샤워기를 틀었다
아직 덜 여문 어깨
무얼 해도 처음처럼 불안해 보이는 종아리
때론 사정없이 밀어붙여야 할 일도 있을 텐데
저 보드라운 손바닥으로 세상의 어떤 등을 밀 수 있을까
우리는 한참 동안 말없이 그렇게 앉아있었다
'미끄럼 주의' 그 글자만 뚫어져라 쳐다보면서

                              -최라라 「미끄럼 주의 구역에서」

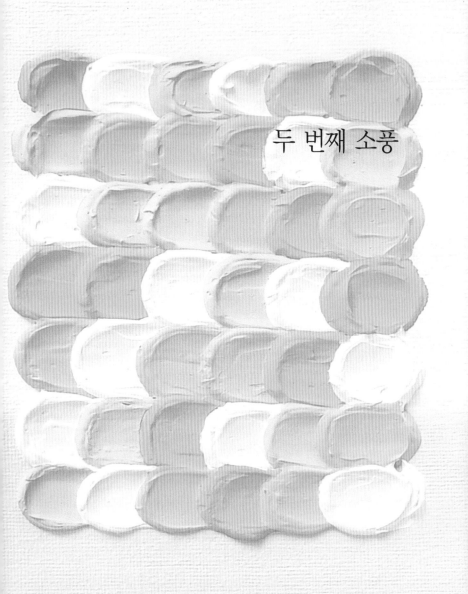

두 번째 소풍

1. 가을비 우산 속에

　지난 주말 동네의 한 카페 정원에서 작은 음악회가 열렸다. 대학생들로 구성된 재즈 그룹의 잔잔하면서도 아름다운 무대였다. 커피를 마시러 왔던 사람들은 특별 대접을 받기라도 하는 듯이 들뜨게 앉아서 음악 소리에 귀를 기울였다. 보컬의 목소리는 여렸고 악단도 최소한이라 작은 정원 밖으로 소리가 넘어가지도 못할 것처럼 느껴졌다. 오히려 소리가 너무 조심스럽다는 생각이 들어서 안타깝기까지 한 무대였다. 그런데 전체 무대가 끝나기도 전 갑자기 악기들을 실내로 옮기는 것이었다. 처음에는 비가 오나보다, 생각했던 손님들이 곧 근처 주민의 신고로 무대를 중단해야 한다는 사실을 알게 되었다.

　동네 가운데 있는 카페라서 작은 음악회라고 하더라도 근처 주민의 불만을 살 수 있을 거라는 예상을 하기는 했다. 지인과 그런 이야기를 나누며 걱정은 했지만 생각했던 것보다 음악이 크지 않아서 소음에 관한 것은 금방 잊어버렸다.

지금은 축제의 계절 가을이다. 얼마 전 포항에 있는 대학들도 일제히 축제를 열었다. 코로나19로 인하여 숨죽였던 캠퍼스가 오랜만에 뜨거운 열기로 가득해졌다. 축제를 알리는 현수막이 도시 곳곳에 걸렸을 때 어두운 골목들이 깨어나고 닫혔던 문들이 열리고 사람들의 발걸음도 한결 밝아지는 느낌이 들었다. 그렇지만 그런 축제가 불편한 사람도 있을 수 있다.

여하튼 그 어떤 음악이라도 자신이 방해받는 생각이 든다면 소음일 수 있다. 저녁에 잠시 휴식을 취하고 다시 밤에 일하러 가는 사람에게는 그보다 더 곤혹스러운 일이 있을까. 자신의 안식처에서 온전한 휴식을 누리고 싶은 마음이야 그 누구든 가질 수 있으므로.

이럴 때면 옛날 생각이 난다. 동네에 일용품을 팔러오던 아저씨가 있었다. 부엌에서 쓰는 그릇이나 프라이팬에서부터 농사용 도구들까지 그야말로 없는 게 없던 '만물트럭' 철수 아저씨의 가게였다. 그 트럭이 우리 동네에 오는 날은 일정하지 않았는데 동네 어른들이 철수가 올 때가 됐는데, 하면서 동네 어귀를 바라보는 날이 한참이나 지나야 그 트럭은 마을로 오곤 했다. 그 아저씨가 오는 날엔 동네 어귀부터 시끌벅적이었다. 차에 있는 스피커에서는 동네가 떠나갈 듯 노래가 울려 퍼지곤 했는데 그 소리를 듣고 온 동네 사람들이 트럭 주위로 모이곤 했다. 아이들도 같이 모여 트럭 주위를 돌거나 어른들이 흥정하는 소리를 들으면서 놀았다. 그중 어떤 아주머니는 시끄러우니 음악 소리를 좀 끄라는 분도 있었지만 왜 그래, 듣기 좋고 신이 나는구만, 동네가 막 꿈틀꿈틀 살아 있는 거 같잖어, 누군가 이렇게 한마디 하면서 덩실덩실 춤이라도 추면 시끄럽다고 하던 아주머니도 그냥 입을 다물었다.

그때 그 '만물트럭' 아저씨는 아무래도 가수 최헌의 팬인 듯 보였다. 아이들은 그 아저씨의 트럭에서 나오는 최헌의 '가을비 우산 속에'라는 노래를 따라 부르곤 했다. 그 시절에 '그리움이 눈처럼 쌓인 거리를…' 이런 의미를 뭐 알기나 했을까. 그럼에도 우리는 스피커에서 나오는 우수에 젖은 최헌의 목소리를 들으며 가을을 맞곤 했다.

어린 시절, 그 소음의 시간을 기다리던 날들이 생각난다. 코로나로 인해 버스킹이 전부 사라지면서 지난여름 영일대 해변은 좀 쓸쓸한 느낌이 들었다. 곳곳에서 들리던 예전의 노래들이 그립고 그 주위로 모여앉아 어깨 들썩이던 사람들의 정겨운 뒷모습이 그리웠다. 소음도 내가 즐기면 음악이 될 수 있다는 생각이 든다.

몇 년 만에 간신히 열린 축제의 가을, 모두가 꽁꽁 움츠렸던 마음을 좀 펼 수 있었으면 좋겠다. 마음의 창문을 열고 쏟아지는 소음을 좀 즐겼으면 좋겠다. 피할 수 없으면 즐겨라, 는 말이 있지 않은가. 오랜만에 최헌의 '가을비 우산 속에'를 듣고 싶다.

2. 엄마는 갱년기란다

일어나지 않는 아들을 기다리던 엄마가 버럭 소리를 지른다. "이제 그만 일어낫!" 놀란 아들이 벌떡 일어나 앉는다. 무슨 일 있느냐는 듯 멀뚱멀뚱 쳐다보는 아들의 눈길에 짜증이 묻어있다. 이전에는 한 번도 없었던 일이었으므로 아들은 엄마가 변했다는 생각을 한다.

'변했다' 거나 '늙어서 그렇다' 거나 대체로 이런 말로 가족들은 엄마의 변화를 비하한다. 그야말로 엄마는 무조건적인 사람, 그 모든 것을 희생으로만 끌어안는 사람이라고 단정해버린 데에서 온 결과이다. 여자들은 나이 50을 전후로 폐경을 겪게 되고 그 전후로 갱년기를 겪게 된다. 그 시기에 나타나는 증상은 여성호르몬의 급격한 감소로 인한 것인데 신체적으로는 안면 홍조라든가 발한, 불면, 관절통 등이며 정신적으로는 심각한 우울증을 앓을 수도 있다. 흔히 이 시기를 제2의 사춘기라고도 하는데, 떠도는 말에 예전에는 북에서 중2생들 때문에 못 쳐들어왔지만 이제는 갱년기 여성이 겁나서 못 쳐들어온다는 유머도 있을 정도다. 그런데 사춘기를 시작하는 아이들에게는 축하 파티를 열어주는 반면 갱년기를 시작하는 여성에게 가족은 무관심하거나 오히려 별나다는 식의 불편감을 드러낸다. 더욱이 여자로서의 생명이 끝났다느니 할머니가 됐다느니 하는 말로 놀리기까지 한다. 그 결과 여성들은 자신의 변화를 숨기거나 말할 필요성을 느끼지 못한 나머지 혼자 앓고, 혼자 극복하려고 온갖 고심을 한다.

최근 폐경(閉經)을 완경(完經)이라는 말로 대체하면서 여성들의 신체적 변화에 대한 인식을 새롭게 하고자 하는 시각도 있다. 그렇지만 사회적 분위기와는 별개로 가장 가까이에 있는 가족들이 긍정적 지지를 하지 않으므로 여성은 변화를 숨기거나 혼자 해결하려고 갖은 몸부림을 한다. 결국 갱년기에 대처하는 방안을 제대로 마련하지 못한 여성들은 극심한 우울증으로 나쁜 결과를 낳기도 한다. 갱년기는 숨겨야 할 나쁜 변화가 아니다. 당당하게 갱년기 증상이 나타난다고 가족에게 말하고 도움을 청할 수 있어야 여성은 건강한 폐경을 맞을 수 있게 된다. 그야말로 완경이 되는 셈이다. 어떤 불의의 결과가 갱년기 우울증 때문이었다는 소식이 들릴 때면 그녀가 얼마나 외로웠을까, 하는 생각이 먼저 떠오르는 것은 이런 이유에서다. 결국 그녀가 도움의 손길을 받지 못했다는 뜻이기 때문이다.

의아해하는 아들에게 엄마는 말해야 한다.

"…엄마가 아무래도 갱년기인 거 같애, 네가 좀 도와주면 좋겠어. 지금 엄마는 너의 사춘기 때처럼 기분이 그래. 더욱이 몸의 변화가 나쁜 쪽으로 나타나서 잠도 안 오고 얼굴이 화끈화끈 달아오르기도 해. 엄마가 스스로 제어할 수 없는 증상들이 나타나서 엄마도 간혹은 감당하기가 힘들어. 그리고 싶지 않지만 너의 행동에 자꾸 화가 나. 네가 일찍 일어나 같이 식탁에 앉고 같이 과일을 먹을 수 있으면 좋겠지만 강요하지 않을게. 그러니 너도 엄마에게 바라는 것에 대해 조금 바뀌었으면 좋겠어."

나 갱년기야, 엄마 갱년기야…. 이렇게 말하는 순간 갱년기를 빌미로 찾아오는 많은 신체적, 정신적 문제는 반감될 수도 있을지 모른다. 사춘기가 보호받듯, 갱년기 여성들도 그래야 한다. 한 몸으로 여러 삶을 살아온 고단했던 갱년기 여성들이여, 이제 자신을 위한 파티를 하자, 갱년기 파티.

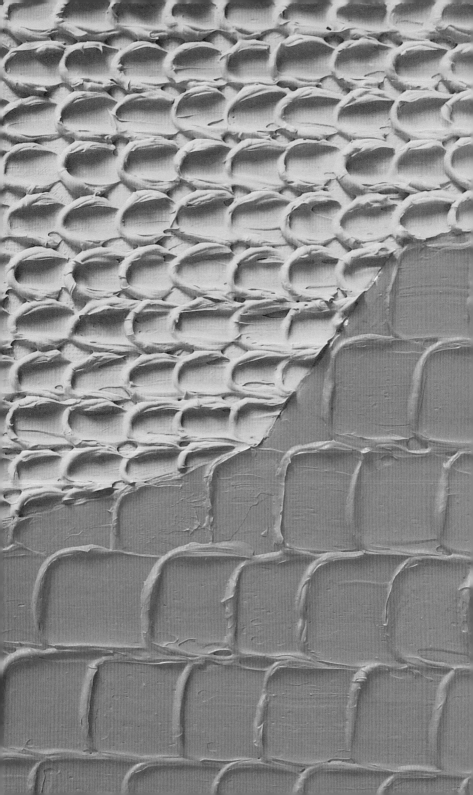

3. 힘 빼고 걷기

처음 수영을 배웠을 때의 일이다. 나는 물과의 사투를 벌이는 나날을 보내고 있었다. 멈추는 순간 금방 물에 가라앉을 것만 같아서 잠시라도 팔과 다리를 쉴 수가 없었다. 그렇다고 앞으로 잘 나아가는 것도 아니었고, 가라앉지 않는 것도 아니었다. 오래 수영을 한 사람들은 25미터 정도 되는 레인을 단숨에 헤엄쳐가고도 힘들어하지 않았지만 나는 절반도 채 못 가 멈추기가 일쑤였다. 이상한 것은 잘해보려고 하면 할수록 진행은 더 느려졌고 스트레스가 더 쌓이는 것이었다. 그래서 울상이 된 나에게 강사가 한마디 툭 던졌다. "힘을 빼야 합니다. 힘을 빼지 않으니 자꾸 가라앉고 힘이 더 드는 거랍니다. 힘을 빼세요."

힘을 빼라니, 도무지 이해할 수가 없었다. 힘을 빼면 물에 가라앉을 텐데…. 그러면 금방이라도 숨이 막혀 죽을지도 모르는데 어떻게 힘을 빼라는 건지 이해가 되지 않았다. 그 후로도 한참 동안 수영의 공포는 계속되었다. 속도가 나지 않을수록 몸은 더 무겁게 느껴졌고, 빨리 나아가려고 욕심을 부릴수록 더 쉽게 지칠 뿐이었다. 그렇게 3개월 정도 지났을 때였던 것 같다. 내가 물과 싸우고 있다는 생각이 든 것은. 허리춤까지 오는 물이 무서워 필사적으로 물에 저항하고 있다는 생각이 들었다. 힘을 빼라는 강사의 말이 다시 떠올랐다. 그 후로 나는 물을 밀어낼 것이 아니라 물과 나란히 눕는 방법을 찾으려고 애썼다. 신기한 것은 내가 물을 버텨내려고 할 때는 그렇게 무겁게 느껴지던 내 몸이, 싸울 일이 아니라는 생각을 하자마자 저절로 물에 둥둥 뜨는 것이었다. 그제야 힘을 뺀다는 말의 의미를 조금 알 것 같았다. 힘을 뺀다는 것은 대상을 이기는 게 아니라 끌어안는 것이었다. 대상을 이겨야겠다는 투지는 오히려 나를 더 힘들게 할 뿐이었다.

얼마 전 내가 쓴 글을 보고 한 친구가 글에 힘이 들어간 거 같다는 말을 한 적이 있다. 그 순간 수영을 처음 배웠을 때가 떠올랐다. 내 글이 나와 일치를 이루지 못했고 내가 글을 조종하려고 했던 억지가 훤히 보이는 듯하여 민망한 마음이 들었다. 사실 그 글은 좀 잘 써보겠다는 다짐으로 시작한 글이었고 그러다 보니 생각이 자꾸 뚝뚝 끊어지면서 글의 문단이 짧아지곤 했던 것이다. 어떤 날은 생각의 주머니를 샅샅이 뒤져도 마음에 드는 구석이 나타나지 않을 때가 있다. 특히 무엇에 대해 잘 쓰려고 할 때 그런 일은 다반사다. 아무리 나름대로 잘 엮어 놓아도 읽는 사람은 단번에 그것을 알아차리기 십상이다. 더욱이 평소에 나를 잘 알고 있던 사람에게는 금방 들키기 마련이었다. 이상한 일은, 수영은 한 번 몸에 익으면 그 뒤로는 자연스럽게 힘 빼기가 가능해지는데 글쓰기는 아무리 오랜 시간 써왔다 하더라도 잠시만 방심하면 보란 듯이 처음 상태로 돌아가 버린다는 것이다. 어떤 힘 빼기는 평생 긴장을 놓지 않아야 몸이 잘 기억한다는 의미이리라.

이렇게 생각해보면 힘 빼기는 우리 삶의 전반에 필요치 않은 부분이 없는 것 같다. 가령 사람과의 관계에 있어서도 마찬가지이다. 지나치게 깍듯하고 허점이라고는 보이지 않는 사람은 관계에서 힘 빼기를 잘하지 못하는 경우라는 생각이 든다. 그런 사람을 두고 흔히 인간미가 없다고들 한다. 다만 힘 빼기를 한답시고 지켜야 할 경계를 지키지 못하고 예의를 지키지 않는 것을 힘 빼기라고 할 수는 없다. 수영에서 힘 빼기를 할 때 물과 몸의 경계를 허무는 것이 아니라 물이 주는 부력의 느낌을 온몸이 느끼게 하는 것과 마찬가지로, 글을 쓸 때 머릿속에 연상되는 모든 것을 무조건 쏟아내는 것이 아니라 주제에 따라 써야 할 것과 쓰지 말아야 할 것의 경계를 지켜야 한다. 마찬가지로 사람 사이에도 적당한 거리를 유지하면서 예의를 허물지 않아야 좋은 관계를 오래 유지할 수 있다.

우리 삶은 힘 빼기의 연속이다. 오늘 하루 지나온 일을 더듬어 보면 내가 힘 빼기에 아직도 미숙한 부분이 많았다는 반성이 들기도 한다. 무언가를 이기려고 할 때보다는 나란히 같이 가려고 할 때 긍정적인 에너지가 샘솟는다는 것은 두말할 필요 없다. 힘을 빼자. 그래야 당신이 원하는 대상과 자연스럽게 나란히 걸어갈 수 있다.

4. 착각이 주는 즐거움

아침 운동을 하러 가려고 복도로 나서다 소스라치게 놀라고 말았다. 희뿌옇한 복도 저쪽에서 긴 뱀 한 마리가 내 쪽으로 스물스물 기어오고 있는 것이었다. 심장이 덜컥 내려앉았고 나도 모르게 엄마야! 하는 비명이 새어 나왔다. 이른 아침이라 어디서도 인기척은 느껴지지 않았고 나는 도움을 청할 곳이 없어 다시 집으로 돌아가려고 대문의 비밀번호를 눌렀다. 당황한 나머지 터치가 제대로 되지 않아 자꾸 오류가 났다. 허겁지겁 다시 번호를 누르다 돌아보니 이상하게도 뱀은 그 자리에서 더 이상 내 쪽으로 오지 않고 멈춰있는 것이었다. 그제야 조금 침착해야겠다, 생각하고 비밀번호를 천천히 누르고 현관 안으로 얼른 들어섰다. 그런데 안으로 들어와 가만히 생각해보니 뭔가 이상하다는 생각이 들었다. 우리 집은 8층이고 저렇게 큰 뱀이 복도에 똬리를 틀고 있었다면 누구라도 발견했을 터인데 지난밤에도 아무런 소리를 듣지 못했다. 그래서 천천히 문을 열고 살짝 내다보니 뱀은 미동도 없이 여전히 그 자리에 그대로 늘어져 있는 것이었다. 그래서 문을 활짝 연 채 자세히 그 뱀을 살펴보기로 하고 운동화 끈을 잘 묶고 복도로 천천히 걸어 나갔다.

 가까이 다가갈수록 그 뱀의 실체가 자세히 보였다. 나를 놀라게 했던 그것은 가죽끈이었다. 하필 뱀피 무늬의 그 끈은 누군가의 허리에 묶여 있다 쓰레기통으로 가는 도중 복도에 떨어진 것 같았다. 끈이라는 것을 확인하고 난 뒤에도 한참 동안 놀란 가슴은 진정되지 않았다. 마치 뱀을 피하듯 복도 벽에 붙어 그 자리를 통과했다. 엘리베이터를 타고 내려가면서 다른 사람도 놀랄 수 있을 텐데 내가 치울 걸 그랬나 하는 생각도 들었지만 그 끈을 손으로 잡을 용기는 나지 않았다. 그것은 끈이 아니라 뱀으로 먼저 나에게 인식되었기 때문이다. 그것을 흘린 사람은 단번에 그것이 끈인 줄 알고 손으로 쓱 집어 들고 갈 것이 분명했다. 순간적으로는 너무나 놀란 일이었지만 그 해프닝으로 나는 하루 종일 웃을 수 있었다. 그럴 때가 있다. 착각하게 되는 일, 착각은 자신의 경험 속에 있는 일부가 자신의 판단보다 먼저 나와 실제와 다르게 지각하거나 생각하는 일이다. 그러니까 길게 늘어져 있는 것이 뱀이라고 착각한 것은 내 기억 속에 그런 형상은 뱀이라는 이미지가 강렬하게 남아있기 때문이다.

 착각이라는 말은 오해라는 말과 비슷하게 쓰인다. 다만 내가 착각했어, 내가 오해했어, 라는 말은 상대방을 불편하게 하지 않지만 너 착각했어, 너 오해했어, 라는 말은 상대방을 불편하게 할 수도 있다. 착각은 사실을 다르게 안다는 의미이기 때문이다. 여하튼 나는 어떤 일로 착각했을 때 그 기억이 며칠 동안 나를 즐겁게 하곤 했던 기억이 있다. 착각은 때와 장소, 대상을 가리지 않고 무방비 상태에서 온다. 어느 날은 집으로 돌아오는 길이었는데 딸아이가 길 건너편에서 나를 향해 손을 흔들고 있는 것이었다. 나도 반갑게 웃으며 손을 흔들었고 아이가 있는 곳으로 뛰다시피 걸어갔다. 그런데 막상 가까이서 보니 그 아이는 제 친구를 향해 손을 흔든 것이었고 내 딸도 아니었던 것이다. 옷차림도 달랐고 얼굴도 크게 닮지 않았는데도 손 흔드는 것만 보고 나를 향해 손을 흔들었다고 생각한 것이었다. 겸연쩍어하는 나를 보고 그 아이도 웃었는데 나도 그 순간이 민망해서 크게 웃었다. 집으로 돌아오는 내내 나는 웃으며 돌아왔다. 착각하여 낯선 아이를 향해 손을 흔들어서 부끄러웠다기보다는 착각의 순간이 이상한 즐거움으로 떠올라 나를 미소 짓게 했고 그 후로도 간혹 먼 곳에서 손 흔드는 사람을 보면 그 일이 떠올라 웃기도 한다.

착각은 사실이 아닌 상황을 사실처럼 혼동하는 것이지만 다시 그런 상황이 왔을 때는 섣부른 판단을 중지하게 하는 경험이 되기도 한다. 나는 착각이 주는 긍정적 효과에 대해 자주 생각한다. 그리고 착각하기를 두려워하지 않는다. 지금까지 착각했던 많은 일들을 떠올려보면 아픔으로 남아있는 경우는 거의 없다. 그래서 베케트의 말을 빌려 외쳐본다. 착각하라, 다시 착각하라, 더 잘 착각하라.

5. 아몬드 캔디

    나는 간호사다. 좀 더 솔직히 말하자면 간호사였다. 사명감을 가지고 시작한 일은 아니었지만 어느 순간 나는 누군가를 간호하는 일이 내 운명일지도 모른다는 생각을 하게 되었다. 이것은 오랜 병원 생활 동안에는 정작 깨닫지 못한 일이었고 사직을 하고 다른 직업으로 전환했을 때에야 비로소 내게 온 생각이었다. 그것이 지나간 일에 대한 그리움이라는 것 또한 오랜 시간이 지난 뒤에야 알게 되었다. 그러니까 운명이라는 것은 지난 후에야 알게 되는 것이다. 그때 그랬다면 어땠을 것이다, 그때 그렇게 했기 때문에 이렇게 된 것이다, 등으로 우리는 현실을 합리화한다. 그렇게 하면서 운명이라는 것을 기꺼이 받아들이는 것이다.

    돌이켜보면 나는 훌륭한 간호사는 아니었던 것 같다. 응급사태가 벌어져 환자의 목숨이 위태로운 순간에는 울음을 참느라 입술이 피멍이 들도록 깨물어야 했으며 목 놓아 우는 보호자들을 볼 때는 같이 눈시울이 붉어져 할 일을 놓치곤 했다. 훌륭한 간호사는 냉정하게 자기의 소임을 다할 줄 알아야 한다. 임종 환자의 사후 처치를 신속, 정확하게 끝내고 다시 빈자리를 만들어 새로운 환자 받을 준비를 할 줄 알아야 한다.

벌써 이십 년도 더 지난 일이지만 잊히지 않는 한 환자가 있다. 그녀는 자궁경부암 말기 환자였다. 40대 초반의 체격이 좋은 환자였는데 말기임에도 불구하고 언제나 밝은 표정을 하고 있었다. 여성의 자궁경부암은 치유 확률이 높은 병이다. 그런데 그녀는 병마가 자신의 몸을 갉아먹고 있다는 사실을 오랫동안 감지하지 못했던 것이다. 그런데도 그녀는 아프다는 말보다 행복했다는 말을 더 자주하는, 내가 아는 한 유일한 환자였다.

그녀는 사탕을 유난히 좋아했다. 그녀 옆에는 언제나 아몬드 사탕 봉지가 놓여 있었는데 근처에 가면 몇 알을 집어 주머니에 넣어주곤 했다. 그런데 그녀는 잘 표현하기 어려운 악취에 싸여 있었으므로 그녀가 주는 사탕마저도 불편했다. 그런데 어느 날은 그녀가 사탕을 까서 입에 넣어주겠다는 것이었다. 어떻게 받아먹게 되었는지 기억이 나지는 않으나 나는 그것을 받아먹었다. 분명 달콤하고 고소한 사탕의 맛이 혀끝에서 감돌았지만 내 머릿속은 굳이 그 맛을 음미하고 싶어 하지 않았다. 그녀의 악취와 그녀의 검은 손등만이 내 혀끝에서 녹아나고 있었다.

정말 오랜 시간이 흐른 지금에도 마트에 들를 때면 유난히 그 사탕 봉지가 눈에 띈다. 지금 그 환자의 얼굴은 아득하다. 참 서글서글한 눈매였는데 자세히 기억이 나지는 않는다. 그녀가 어느 나라에 대해 몇 번이나 말하곤 해서 그 나라가 궁금하기도 했는데 지금은 그곳이 어디였는지 기억이 나지도 않는다. 다만 진열대에 즐비한 아몬드 사탕을 보는 순간 고통처럼 그날들이 떠오르곤 한다. 나는 아직 그 사탕을 장바구니에 담아본 적이 없다.

일본의 한 수필가는 한 소나무 앞에서 사진을 찍었는데 그때 같이 사진 찍은 사람은 기억나지 않지만 그 소나무는 여전히 기억에 남아있다고 했다. 이렇듯 우리의 기억은 조금은 엉뚱한 쪽으로 기울어져 있을 때가 있다. 기억의 중심이 되는 포인트는 희미하고 주변부가 더 선명하게 남아있는 것이다. 그러니까 기억은 그 대상을 바로 기억하게 하지 않는다. 대상과 연결되어있는 매개물을 통해서 우리에게 각인되어 있다. 기억하고 싶은 것보다 그 주변의 것이 더 생생하게 떠오르는 경험을 한 번쯤은 한 적 있지 않은가.

나는 간호사였다. 지금도 내가 간호사일 수 있다고 생각하는 이유는 눈치챘는지 모르겠지만 그녀의 악취를 잊지 못했으며 그녀의 퉁 부은 손이 내밀던 사탕을 아직 잊지 못했다는 것이다. 그리고 그 끝으로 지금 내 곁에 있는 사람들을 어떻게 돌볼 수 있을 것인가에 대한 고민도 같이 하게 된다는 것이다.

논어에 '지난날의 일을 일러주었는데 앞으로 할 일을 이해하는구나!' 라는 구절이 있다. 지난날을 잘 더듬어보자. 내일 내가 무엇을 해야 할 것인가가 거기에 있다. 아마 내일 나는 아몬드 사탕을 사러 하나로 마트에 갈지도 모르겠다.

6. 위험주의보

여름 휴가철이면 물놀이 사고로 인한 사망사고 등이 꼭 뉴스에 등장한다. 매스컴을 통해 뉴스를 접하는 사람들은 혀를 끌끌 차며 왜 저런 위험한 곳에서 물놀이를 했을까, 한 사람이 빠지면 당황하지 말고 천천히 나머지 사람을 구해야지, 위급상황일수록 정신을 똑바로 차려야 해 등의 안전수칙에 대해 생각할 것이다.

지난 주말 나는 아이들과 포항신항만 쪽에 물놀이를 갔다. 큰아이는 구명조끼를 입었고 작은아이는 구명조끼를 입지 않겠다고 하여 얕은 곳에서 놀기로 하고 바다로 들어갔다. 그날따라 파도가 좀 커서 간간이 큰 파도가 밀려올 때면 몸이 저절로 고꾸라지기도 했다. 나는 아이들과 조금 떨어진 곳에서 그들을 지켜보며 백합을 캐고 있었다. 그런데 아이들이 서로 장난을 치면서 점점 바다 깊은 곳으로 들어가는 것이었다. 조금 들어가다 돌아 나오겠거니 하면서 쳐다보고 있었는데 제법 거리가 멀어지도록 계속 들어가는 것이었다. 보트에는 작은 아이가 타고 있었고 큰아이는 옆에 매달려 있었다. 그런데 큰아이가 바닥에 발이 닿지 않는다며 소리를 지르면서 보트를 놓았는데 순식간에 보트가 바다 깊은 쪽으로 쓸려 들어가는 것이었다. 멀리서 보던 나는 깜짝 놀라 아이들 쪽으로 가려고 했으나 파도가 크게 몰아치는 바람에 몸이 움직여지지 않았다. 나는 제법 오래 수영을 했고 오리발까지 신고 있어서 겁낼 일이 아니었는데도 불구하고 순간적으로 당황하니 어떻게 해야 할지 머리가 까마득해지는 것이었다. 큰아이를 바깥쪽으로 나가게 하고 주위에 있던 사람을 부르고 내가 작은아이 쪽으로 들어가고 있을 즈음 보트에 타고 있던 아이가 엎드려 팔을 젓기 시작했다. 다행히 보트는 조금씩 바깥으로 나왔고 그제야 우리는 안도의 숨을 쉬었다.

아이들에게 표시를 내지는 않았지만 나는 오랫동안 가슴이 두근거렸다. 수영을 배우면서 인명구조에 관한 부분을 해마다 배워왔는데도 불구하고 아이가 깊은 곳으로 휩쓸려가자 순간적으로 머릿속이 하얘지고 아무 생각도 떠오르지 않았다. 내 표정이 너무 굳어 있었던 탓인지 그 후로는 아이들도 얕은 곳에서만 물놀이를 했다.

위기의 상황에 침착하기란 정말 쉽지 않은 일이다. 중환자실에서 호흡이 곤란하고 심전도 이상을 보이는 환자들을 볼 때와는 또 다른 느낌이었다. 물놀이 사고 때 가족들이 동시에 참변을 당하는 이유를 알 것 같았다. 위기의 상황에는 내가 무엇을 할 수 있다는 생각보다는 대상을 어떻게 구하는 것이 가장 좋은 방법인지 먼저 생각해야 할 것 같다. 내가 수영을 얼마나 잘할 수 있느냐만 생각하면 위험에 대한 대비가 하나도 안 된다는 것을 알게 되었다.

안전보건공단에서 이야기하는 해수욕장에서의 상황별 대처방법을 보면 큰 파도에 휩싸였을 때는 버둥대지 말고 파도에 몸을 맡기고 숨을 중지해 몸이 자연히 떠오르게 하라고 한다. 그리고 물에 빠졌을 때는 누워 뜨기와 같은 방법을 통해 오랫동안 버티기를 하는 게 중요하다고 한다. 그리고 무엇보다 물에 빠진 사람을 발견했을 때는 경험 많은 사람이 아니면 섣불리 물에 뛰어들지 않기를 강조하고 있다. 구조대원에게 연락하거나 물에 뜨는 물체를 던져 빠진 사람이 잡고 나오도록 해야 한다.

이와 같은 것은 거의 모두 알고 있는 물놀이 안전수칙이다. 문제는 위급한 상황이 되었을 때 알고 있는 상식대로 실제로 위기에 대처할 수 있느냐는 것이다. 내 작은 경험으로는 그게 쉽지 않았다. 수영을 하면서 십 년이 넘도록 들어 온 상황인데도 불구하고 위급한 순간에는 머리보다 몸이 먼저 움직였던 것이다. 다만 반복적인 훈련이 위기에 대해 이성적으로 대처할 수 있는 여유를 주었다는 경험에 비춰보면 물놀이 전 준비운동을 하는 것과 마찬가지로 위기상황에 대한 시나리오를 만들고 여러 차례 그것에 대처할 수 있는 방법을 교육하는 것도 유용할 듯하다.

특히 어린아이와 물놀이를 하는 경우 이런 시뮬레이션 놀이는 필수이다. 말로만 조심하라고 할 것이 아니라 물에 들어갈 때는, 파도가 거셀 때는, 파도에 휩쓸렸을 때는 등 상황을 예로 들어 자세하게 설명하고 시뮬레이션한다면 위험으로부터 자신을 보호할 수 있는 능력이 길러질 것이다.

위험은 예고를 하고 온다. 그 예고에 귀 기울이고 대처한다면 우리는 결코 위험이라는 곳에 빠지지 않을 수 있을 것이다.

7. 뽕짝

　며칠 전 시작된 아파트 도색 작업이 며칠째 진행 중이다. 밧줄 하나에 몸을 걸고 흔들흔들 매달린 그, 한없이 위태로워 보였지만 그는 나비가 꽃잎 위에 내려앉듯 가볍게 벽을 짚으며 누렇게 변색된 벽을 하얗게, 파랗게 깨우고 있었다.

　어느 오후, 그가 허공의 작업을 끝내고 땅으로 내려오는 순간을 본 적이 있다. 그런데 그는 흥얼흥얼 콧노래를 부르고 있었다. 잘못 들은 걸까, 적어도 안도의 한숨을 쉬어야 할 순간인데⋯. 그런데 그의 귀에 꽂힌 이어폰을 본 순간 그 위험한 삶이 어떻게 즐거울 수 있었던 것인지 짐작이 갔다. 그는 노래를 따라 부르고 있었다. 트로트, 일명 뽕짝이었다.

트로트(trot)는 '빠르게 걷다', '바쁜 걸음으로 뛰다' 등의 의미를 가지고 있다. 4분의 4박자를 기본으로 하는 우리 가요의 한 장르인 이것은 그 생동감 있는 리듬으로 희·노·애·락의 정서를 고스란히 담았기 때문에 누구나 따라 부르기 쉬운 노래로 인식되고 있다. 음악은 장르마다 고유한 특징을 가지고 있는데 우리의 트로트는 그 어떤 정서든 즐거움으로 승화시킨다는 매력이 있다. 어린아이들이 의미도 모르고 신나게 따라 부르는 트로트의 가사를 곱씹어보면 대부분 이별에 대한 가사다. 슬픔을 즐거움으로 변색시킬 줄 아는 음악, 그게 바로 우리의 뽕짝이다.

음악계의 일각에서는 뽕짝이 트로트를 비하하는 말이라고 한다. 트로트는 1914년 이후 미국과 영국 등에서 4분의 4박자 곡으로 추는 사교댄스의 스텝 또는 그 연주 리듬을 일컫는 폭스트로트(fox-trot)가 유행하면서부터 연주용어로 굳어졌다고 한다. 우리의 트로트도 이 폭스트로트에 바탕을 두고 있다. 그러므로 엄밀히 따지자면 트로트는 외래어일 뿐 우리의 굳센 정서를 반영하는 말은 뽕짝이다.

우리나라에 트로트풍의 음악이 도입된 것은 일제강점기인 1920년대부터였다. 그러다 보니 트로트가 대중화되기까지 많은 우여곡절을 겪을 수밖에 없었는데 그 당시 일본에서는 그들의 고유음악인 엔카(演歌)가 유행하고 있었다. 그것은 우리의 신민요풍의 가요와 비슷한 리듬을 가지고 있었는데 1930년대 조선어말살정책이 시행되면서 우리의 가요가 일본의 엔카에 동화되어가고 말았다. 우리의 전통가요보다는 엔카풍의 대중가요가 유행하게 된 것이다.

그런데 광복 후 우리의 주체적인 가요 제작과 보급에 힘쓰는 한편, 팝송과 재즈 등이 도입되면서 우리만의 새로운 가요가 이름을 얻게 되었는데 뽕짝이 바로 그것이다. 엔카에 동화된 암울한 시기를 극복하고 우리만의 정서가 반영된, 우리만의 리듬을 살린 노래를 탄생시킨 것이다. 그러니 뽕짝은 얼마나 갸륵하고 대단한 우리 음악인가.

얼마 전 한 친구가 나이가 들면서 자기도 모르게 좋아진 게 뽕짝이라고 겸연쩍게 말했다. 뽕짝이 트로트를 비하하는 말이라고 생각하듯 그 노래를 좋아하면 나이가 들었다는 느낌을 주거나 세련되지 못하다는 느낌을 줄 수 있다는 편견도 재고해봐야 할 문제이다.

지금 트로트는 우리만의 창법으로 변화와 발전을 거듭하여 독특한 우리의 음악으로 자리매김했다. 우리에게 면면히 이어 온 굳건한 역사의 피가 흐르고 있는 한 뽕짝은 사라지지 않을 것이며 많은 사람은 그 노래를 통해 위안을 얻고 즐거움을 누릴 것이다.

태풍이 지나갔지만 들판의 벼들은 아랑곳없이 누렇게 익어가고 있고 보도블록에 떨어진 단풍잎은 변함없이 새빨갛다. 이런 신나는 가을의 길목에서 뽕짝 한 곡 정도는 흥얼거릴 수 있어야 하지 않겠는가. 생사를 넘나드는 허공에 매달려서도 즐거울 수 있는 이유가 거기 있는데….

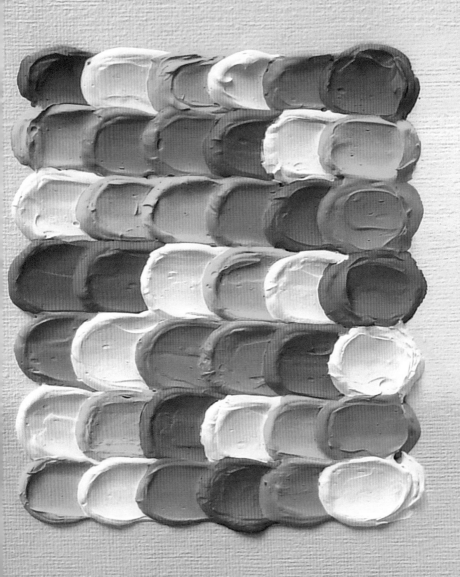

8. 두 번째 소풍

며칠 전 친오빠의 정년퇴임 기념식에 다녀왔다. 전에는 간혹 그런 자리가 있었지만 코로나19 이후로는 축하해주고 위로해주어야 할 행사들이 대부분 사라졌었다. 그런데 조촐하게 마련된 퇴임 기념식은 참으로 오랜만에 가진 뜻깊은 자리였다. 모인 사람들 대부분이 이미 퇴직을 했거나 정년에 가까운 사람들로 보였다. 그래서 그런지 그 어떤 행사장보다 분위기가 정돈되어있었고 너스레를 떨거나 과장되게 떠들어 분위기를 무너뜨리는 사람도 없었다. 식장의 옆방에는 아이의 돌잔치가 있는 듯 음악 소리와 사회자의 소리가 너무 커서 우리의 말소리는 잘 들리지도 않을 정도였다. 그렇지만 아무도 자리를 뜨거나 얼굴을 찌푸리지 않았다. 반대상황이었다면 소매 걷어붙이고 눈을 부라린 젊은이가 문을 박차고 들어올 법할 정도의 소음이었지만 시 낭송 등의 조용한 순서는 차례를 바꾸어서 하자고 할 뿐 평온한 표정을 잃지 않았다.

그런 상황을 보면서 정년퇴직을 맞을 즈음의 연륜에 대해 생각해 보게 되었다. 그 긴 여정을 걸어오기까지 얼마나 많은 즐거움의 순간이 있었을까, 얼마나 많은 울분의 덩어리를 삼켜야 했을까, 얼마나 많은 좌절과 슬픔의 웅덩이를 디뎌야 했을까, 가끔은 어디든 주저앉고 싶기도 했으리라, 목놓아 울고 싶기도 했으리라, 그 많은 희로애락의 나날이 모나고 뾰족한 성격을 둥글고 부드럽게 만든 것이리라. 그래서 그들의 표정은 하나 없이 평화로워 보이고 옆방의 소음 정도는 아무것도 아니라는 듯 고개 끄덕일 수 있는 것이었으리라.

우리나라에서 노인을 규정하는 나이는 만 65세다. 이것은 1964년에 도입해 현재까지 유지되고 있다. WHO에서 새로운 규정을 제시하였다고 하나 명확한 근거가 없으므로 여전히 유지되는 실정이다. 그런데 현재 65세 무렵의 나이는 도무지 노인으로 보이지 않는다. 소위 청년이라 일컬어도 될 만큼 젊다. 대한노인회에서도 70세로 노인 나이를 수정해야 한다고 주장한 바 있듯이 늙은 사람이라고 규정하기에 65세는 너무 이르게 보인다. 굳이 지칭이 뭐가 중요하겠냐만 그 기준에 따라 일할 수 있는 나이가 정해지고 사회로부터 분리될 수밖에 없으니 그것이 안타까운 일이다. 언젠가 의욕적으로 일하던 분이 정년퇴임을 하면서 급속도로 노인이 되어가던 것을 본 적이 있다. 퇴직과 동시에 마음으로부터 노인이라는 것을 받아들여 버린 탓이었으리라.

세계적인 추세가 그러하듯 우리나라도 출산율은 급격하게 줄어들었다. 소아병원이 없어지는 대신 요양원이나 요양병원이 늘어나고 있다. 평균수명이 늘어나면서 병원에는 노인환자들이 대부분이고 공원에는 아이들보다는 삼삼오오 모여 앉은 노인들이 더 많다. 그렇다면 정년이라는 이름으로 이들을 경제적인 구성원 밖으로 밀어낼 것이 아니라 이들을 통해서, 이들만의 에너지로 또 다른 것을 창출할 수 있는 방안은 없을까. 수많은 경험을 통해 나름의 노하우를 쌓고 있는 이들의 연륜을 토대로 이룰 수 있는 사업은 없을까. 퇴임기념식장에 모인 사람들의 눈빛에 친구의 퇴직을 축하해주는 의미만이 아니라 다른 애틋함이 담겨있는 것으로 보였던 것은 여생에 대한 걱정, 아쉬움 등등의 만감이 담겨있기 때문이었던 것 같다.

찰나의 시간을 아까워하는 사람은 별로 없다. 그 찰나라는 시간을 의식하지 못하기 때문이다. 그렇지만 그 찰나의 순간이 모여서 하루가 되고 일 년이 된다. 중세 일본의 승려이자 문학가였던 요시다 겐코의 말을 빌리자면 사람은 막연하게 먼 장래의 세월을 아까워해서는 안 된다. 눈앞의 한순간이 헛되이 지나가는 것을 안타까워해야 한다. 정년퇴임은 끝이 아니라 시작이다. 퇴직의 순간 대부분의 퇴직자들은 이 말을 생각하고 또 생각했으리라. 그러다 어느 순간 아무 생각도 하지 않은 채 공원을 배회하는 것이리라.

그날 한 시인의 축시에서 우리가 세상에 소풍 나온 것이라면 진정한 소풍은 지금부터라는 구절이 있었다. 김밥에 삶은 계란 하나만 있어도 즐거운 것이 소풍이었다. 가족을 위해 열심히 일하면서 자신의 이상을 위해 노력한 시간이 첫 번째 소풍이었다면 정년퇴직 후의 나날은 두 번째의 소풍이 될 것이다. 처음에는 세상이 당신을 안아주었다면 이제는 당신이 세상을 안아줄 차례다. 청바지에 운동화 하나 신고 김밥 한 줄 들고 소풍을 즐기기에 딱 좋은 나이, 열심히 일한 당신! 떠나라. 마음껏 찰나의 소풍을 즐겨라.

9. 비움의 맛

'조금 놓아버리면 조금의 평화가 올 것이고 크게 놓아버리면 큰 평화가 올 것이며 완전히 놓아버리면 완전한 평화와 자유를 얻을 것이다' 라는 달라이 라마의 말은 우리 삶의 자세에 대한 궁극적인 답일 수 있다. 나를 놓는다는 것은 나를 비운다는 말과 상통하며 그것은 결국 나로부터 내가 해방된다는 의미이다.

다만 이미 알고 있음에도 우리는 무언가를 놓는 일에 평생을 소비한다. 비운 뒤에 오는 평화를 맛보기도 전에 다시 무언가로 채우기 위해 안간힘을 쓰는 것이 우리의 삶이다. 그러니까 평생 비우기 위해 갈등하고 채우기 위해 또다시 고민하는 것이다.

콘크리트 바닥이 금이 가는 까닭은/ 단단한 등딱지가 쩌억, 쩍 갈라지는 까닭은/밑에서 쉬지 않고 들이받는 머리통들이 있기 때문이다./콘크리트가 땅을 덮고 누르기 전/그곳에 먼저 살던 원주민이 있기 때문이다.('풀' 부분, 김기택) 김기택의 시를 통해 놓음의 의미를 짚어보자면 무언가가 끝내 놓아지지 않을 때 이것의 주인은 내가 아니라고 생각해보는 것이다. 그러니까 본래의 주인은 내가 아니라고 생각을 바꿔본다면 나를 놓거나 비우는 일이 조금은 쉬워질 수도 있다.

어느 날, 돌아보면 아무것도 없는 길에서 갑자기 무언가에 걸려 넘어지듯 휘청거려 본 적 없는가. 내가 날마다 서 있던 길이지만 갑자기 낯설게 보이고 내가 걸어가지만 다른 사람의 생을 걸어가는 듯한 느낌이 드는 것 또한 느껴본 적 없는가. 이 세상에 처음부터 내 것이었던 것은 없다. 정말 아무것도 없다. 우리는 다만 빌려 쓰고 있을 뿐이다. 잠시 빌려 쓰던 것이니 돌려주어야 마땅하지 않을까. 느닷없지만, 영원한 사랑이 없다는 말은 그것 또한 처음부터 내 것이 아니었기 때문일지도 모른다.

그래서 사람들은 자주 뒤돌아보는 일에 익숙하다. 먼 길을 걷다가도 뒤돌아보고 버스를 타고도 떠나온 자리를 한 번쯤 뒤돌아보는 것이다. 내가 서 있던 곳에 서 있던 사람이 정말 나였을까, 정말 나였을까, 고개를 갸우뚱거려보는 것이다. 그러니까 지나온 길 위에 서 있던 나도 내 것은 아니었던 것이다.

다만 돌아볼 줄 아는 사람은 그 순간의 자신을 소유할 수 있다. 돌아보며 정말 내 것은 아무것도 없구나, 라는 생각을 하는 순간 공교롭게도 그것은 내 것이 된다. 희한한 일은 발자취마다 내 것이라고 우겼던 사람은 정작 아무것도 가지지 못한 사람이라는 것이다.

그러니까 비움과 채움은 같은 방 안에 있다. 깜깜한 방 안에 들어서서 형광등 스위치를 올려 본 사람은 알 것이다. 채워지는 순간과 비워지는 순간은 동시에 이루어진다는 것을. 콘크리트 바닥을 끊임없이 들이받는 원주민이 있듯 어둠은 빛의 이면에서 끊임없이 그 경계를 들이받고 있다. 그러다 어느 순간 빛의 자리로 돌아오는 것이다. 어둠은 자기를 비우되 빛으로 자신을 채우고 있다. 그러므로 채우려는 순간 텅 빌 것이며 비우려는 순간 채워진다는 것은 자연의 이치이자 인간 삶의 이치인 것이다.

그렇다면 이제 당신 머릿속을 채우고 있는 것이 무엇인지 차례대로 꺼내 보자. 돌아온 계절의 옷을 꺼내듯 차근차근 꺼내 옷장을 텅 비워보자. 그다음은 텅 빈 옷장 바닥을 더듬듯 머릿속에 손을 넣어 더듬어보자. 꽉 찼던 옷장을 비우고 난 다음의 가벼움이 거기에 있는가. 충분히 잘 비웠다면 당신은 충분한 평화를 맛보았을 것이 틀림없다.

그러니까 오늘 당신이 행복해 지고 싶다면, 그 마음에 가득 찬 것을 먼저 놓아야 한다.

10. 모시 송편

예전에는 추석이면 으레 송편을 빚었다. 온 가족이 코스모스 꽃잎처럼 둘러앉아 송편을 빚으며 오래 만나지 못했던 가족들의 근황을 묻거나 지나간 얘기들을 오순도순 주고받곤 했다. 아이들도 송편 만들기에 끼어들곤 했는데 어른들은 송편 모양을 보면 배우자가 얼마나 잘 생겼는지 가늠할 수 있다는 말로 예쁜 송편 만들기 경쟁을 붙이곤 했다. 송편은 주로 흰 쌀로 빚는 것이 대부분이었는데 일정량은 모시로 새파랗게 빚어 구색을 갖추기도 했다.

모시 잎은 깻잎처럼 생겼는데 뒷면이 하얗고 두께가 깻잎보다는 두꺼웠다. 밭 어귀에 한 포기만 있어도 몇 집은 거뜬히 추석 송편을 빚을 만큼 그 잎이 무성했는데, 빛깔 또한 검은 빛에 가까운 진녹색이라 송편을 빚어놓으면 하얀 송편과 대비를 이루어 구미를 당기곤 했다. 모시를 넣어 만든 반죽은 손바닥에 놓고 주무르면 쌀로 만든 반죽과는 달리 질감이 뻑뻑했는데 모시 잎의 섬유질이 고스란히 쌀가루 속으로 옮겨진 듯 느껴졌다. 모시 잎은 먹는 방법이 다양한데 효소로 만들어 차로 마셔도 좋다고 한다. 효능 또한 특별해서 모시에는 우유보다 훨씬 많은 칼슘 성분이 들어있고 섬유질은 야채류 중 거의 최고 수준에 달할 만큼 풍부하다고 한다. 그리하여 체중조절에도 도움이 될 뿐만 아니라 항산화 작용에도 탁월하다고 한다. '본초강목' 등의 문헌을 보면 지혈작용이 있고 어혈을 풀어주고 월경과다에도 효과가 있으며 부인의 자궁염이나 대하증을 치료한다고 쓰여 있다. 바야흐로 웰 에이징의 시대다. 잘 늙는 것이 잘 사는 것이라는 의미이리라. 그러다 보니 끊임없이 대두되는 것이 잘 먹는 일과 관련되어 있으며 좋은 음식을 골라 먹는 일이 많은 사람들의 관심사가 되었다. 오랫동안 무심하게 버려졌던 잡초가 하루아침에 특효약으로 돌변하기도 하고 화제의 중심에 있던 과일이나 채소 몇 가지는 관심의 영역에서 밀려남으로써 서서히 잊히기도 하였다. 그러니까 몸에 좋은 음식을 찾는 일이 유행처럼 범람하는 시대가 되었다.

거기에 발맞춰 송편도 다양한 변화를 거듭해 왔다. 송편은 속에다 소를 넣어 만드는 떡인데, 그 소를 다양하게 넣는 방법을 연구함으로써 시대에 걸맞은 떡으로 자리매김해 왔다. 또한 시각적인 효과를 꾀하기 위해 천연재료를 이용하여 색깔을 내기도 했는데 그중 모시 잎은 예전부터 내려온 채색 재료이자 영양의 조화까지도 갖춘 완벽한 식재료라 할 수 있다. 그러니까 송편의 반죽에 모시 잎을 첨가함으로써 실질적인 영양뿐만 아니라 시각적인 조화까지 도모할 수 있었던 것이다.

잘 사는 일이 꼭 잘 먹는 일만은 아닐 것이다. 다만 무엇을 어떻게 먹느냐는 것은 중요한 문제일 수 있다. 건강은 사소한 것을 지키는 일로부터 얻어지기도 하고 그것을 간과함으로써 깨질 수도 있기 때문이다. 마크 트웨인은 '인생에서 성공하는 비결 중 하나는 좋아하는 음식을 먹고 힘내 싸우는 것'이라고 했다. 좋아하는 음식이 추억의 음식과 같은 맥락이라고 할 수 있다면 모시송편 하나 빚는 일도 보람 있는 삶의 일부분이 될 수 있지 않을까. 잘 사는 일이 잘 먹는 일만은 아닐지라도 잘 먹는 일이 잘 사는 법 중의 하나임은 확연하기 때문이다.

11. 돌멩이 하나

　얼마 전 해안 둘레길인 '호미곶 가는 길'을 다시 걸은 적이 있었다. 그곳은 이국적인 정취가 풍기는 해안선과 바다 위로 걸을 수 있는 길이 잘 만들어진 멋진 곳이다. 갈 때마다 다른 느낌의 바다와 새롭고 특별한 무엇인가를 발견하곤 했는데 이번 산책에서 내 눈에 들어온 것은 자디잔 돌멩이들이었다. 그 해안에는 울퉁불퉁하고 제각각의 모양을 한 디딤돌이 나름 정렬되어 있었는데 그것은 태풍 이후 어디에선가 옮겨온 것인 듯 보였다. 그 외에 물가를 따라 걸을 수 있는 곳이 군데군데 있었고 그곳에는 모래알 같은 자갈돌이 차르륵차르륵 소리를 내며 발밑으로 미끄러져 내리곤 했다.

　자갈은 맨발로 걸어도 불편함이 느껴지지 않을 정도로 매끈하고 동글동글한 돌이었다. 한 줌 집어 들고 자세히 들여다보니 그 작은 자갈돌

하나하나가 모서리라고는 없는, 깎이고 또 깎인 돌멩이들이었다. 불현듯 그것이 작은 알갱이가 되기 전, 처음이었던 때의 모습을 생각해보게 되었다. 주위에는 집채만 한 큰 바윗덩이도 있었는데 그 바위가 수많은 세월이 흐른 뒤 어느 날엔가는 손바닥에 얹힌 모래알 같은 돌이 될 수도 있다는 생각이 들자 손바닥에 얹힌 작은 돌 앞에서 숙연해졌다.

마음을 잘 다치던 때가 있었다. 작은 일에도 화가 나고 그 화를 속으로 삭이느라 애를 먹곤 했다. 오랫동안 속이 아파서 내시경을 했는데 군데군데 피가 흐르는 사진을 보고 의사는 무엇이든 내려놓으라고 했다. 그렇지만 그 말이 무슨 뜻인지 알면서도 쉽게 마음이 비워지지는 않았다. 소심한 성격 탓에 바깥으로 뿜어내기보다는 속으로 끌어안기에만 익숙했던 탓이었다. 오랜 시간이 지나고서야 내려놓는다는 말이 무슨 의미인지 진정으로 알 것 같았다. 아직 어렸던 그때에는 내려놓는다는 의미가 포기를 뜻한다고 생각했다. 무엇이든 포기하기가 정말 쉽지 않은 나이였다. 한참이 지나고서야 내려놓는다는 건 포기한다는 마음조차 내려놓는 일이라는 걸 알았다.

변화하는 힘을 가진다는 것은 내려놓는 방법을 알고 있다는 것과 다르지 않다. 산이었던 것이 바윗덩이가 되고 그것이 또 어느 날 손바닥 위에 얹히는 작은 돌이 되기까지 그래서 모서리라고는 없는 돌이 되기까지 돌멩이는 얼마나 많은 순간을 참고 또 참아야 했을까. 처음엔 바람에 꺾이지 않으려고 버티기도 했을 것이다. 거센 파도에 휩쓸리지 않으려고 등을 돌리기도 했을 것이다. 그러다 어느 순간 포기해야 할 게 있다는 걸 알았을 것이고 어느 순간엔 포기한다는 생각도 없이 내려놓는 순간을 맞았을 것이다.

　과학과 문명이 최고로 발달된 현대는 앞으로만 보고 돌진하는 코뿔소 같다. 돌진하다 옆의 누군가가 쓰러지면 쓰러지는 대로 아랑곳없이 자신의 목표를 향해서만 나아가는 코뿔소. 언제 모서리가 없는 돌멩이가 될 수 있을 것인가에 대해서는 생각할 여유가 없어 보인다. 그 코뿔소의 무리를 피해 잠시 거닐러 간 바닷가에서 언제 어디에서 시작되었을지도 모를 돌멩이의 긴 여정을 만났다. 광활하고 망망대해인 우주에서 나도 모르는 누군가가 나를 지켜보고 있다면 나도 한 알의 돌멩이에 불과하리라. 나는 내 날카로운 모서리를 얼마나 잘 다듬어 놓은 사람으로 보일까. 혹 무심코 나를 잡은 누군가가 내 모서리에 베여 눈물 흘리는 일은 없을까.

　온 산과 들판을 물들였던 단풍이 서서히 사라지고 있다. 그렇지만 양지바른 곳에 서면 햇살은 여전히 따사롭다. 가던 길을 멈추고 잠시만 담벼락에 서 본다면, 가을 햇살을 손바닥 위로받아 본다면 살아 있는 '나'에 대해서 느낄 수 있게 될 것이다. '살아 있는 나'는 언젠가는 모서리가 닳아 누군가의 발바닥 아래에 부드럽게 놓여주는 나이며 그 어떤 풍파에도 사라지지 않는 나일 것이다.

12. 다육이

　다육이는 식물을 잘 관리하지 못하는 사람들이 키우기에 딱 좋다고들 한다. 사막으로부터 온 이것은 물을 자주 줄 필요도 없이 햇살 잘 들고 바람 잘 통하는 곳에 두면 된다고 한다. 잎이나 줄기의 모양은 크게 보면 한결같은 듯하나 자세히 살펴보면 작은 잎 하나도 같은 모양을 가지고 있지 않은 것이 이것이다. 이것은 잎이나 줄기, 뿌리 등에 물을 잘 보관하는 성질을 가지고 있다. 사막에서 살아남기 위해 다육이는 다육이가 되었다.

　다육이를 사러 갔을 때 화원의 주인은 한 달에 한 번씩만 물을 주어야 한다고 경고했다. 자주 물을 주면 뿌리가 썩는다는 것이었다. 그럼에도 조바심에 다른 화초와 똑같이 물을 주었고 어느 날 다육이의 잎들이 떨어져 베란다 바닥에 뒹구는 것을 발견했다. 다육이는 사막이라는 환경에서 살아남기 위해 스스로를 물주머니로 최적화시켰는데 나는 그것을 인정하지 않고 내 기준에 맞추어 키우려고 했던 것이다. 나의 지나친 친절이 다육이를 다육이로 살지 못하게 해버렸다. 그러니까 오랜 세월 동안 다육이는 다육이로 살아왔다. 자신이 사막 아닌 곳에서 살게 될 줄은 꿈에도 몰랐던 다육이는 간신히 제 잎을 부여잡고 새로운 환경에 적응하려고 안간힘을 쓰는 중이었을 것이다. 그런데 나의 과보호가 자신의 잎을 붙잡고 있을 힘조차 잃어버리게 만든 것이었다.

사람들은 다양한 환경을 배경으로 살아가고 있다. 어린 맹자의 어머니는 맹자를 위해 여러 번 이사하는 번거로움을 감수했으며 현대의 부모들 또한 자식 교육을 위해 최적의 환경을 만들어주려는 노력을 아끼지 않는다. 그런데 최근에는 그 노력이 지나쳐 성인이 되고서도 아이들은 부모가 만든 물관 속에서 유유자적 살아가는 경우가 많다고 한다. 수술실에 근무하는 신규간호사의 어머니가 도우미를 보내줄 테니 자신의 아이에게는 청소를 시키지 말아 달라는 전화를 했다는 사건은 웃기지만 웃을 수 없는 해프닝이다.

사람은 애초에 초식동물이었다고 한다. 생존하기 위해 좀 더 강한 힘이 필요함을 알게 되면서 잡식성이 되었을 것이다. 더 강력한 힘을 얻으려고 자동차를 만들고 컴퓨터를 만들고 핵무기를 만들었을 것이다. 사람들은 급변하는 현대의 문명에 잘 적응하여 다육이처럼 튼튼히 자라고 있는 중일까. 타인이나 부모의 물주머니를 필요로 하는 젊은이들이 많은 걸 보면 아직 최적화에 다다르지 못한 것이 아닐까. 서걱거리는 소리가 날 정도로 사람들 사이가 건조한 걸 보면 오히려 사람들이 사막으로 가고 있는 것은 아닐까.

다육이를 파는 화원들이 즐비하다. 사막이라는 말, 그 아련하고 막막한 곳으로부터 왔다는 다육이라는 식물, 그래서 생각해 보는 것이다. 우리는 종종 사막에 사는 것 같다고 말하곤 한다. 비가 오는 사막, 사계절 나무들이 푸르른 사막, 어디서든 물이 솟고 신기루에 대한 환상을 가지고 있는 물이 넘치는 사막…. 현대인들에게 사막이라는 말은 어떤 의미일까. 아무래도 모래알처럼 흩어지고 서걱거리는 사람들의 관계를 나타내는 말이라는 생각이 든다. 그러니까 사람들의 단절된 마음이 사막을 키우고 있다는 말이리라. 다행스럽게도 사람은 사막에서 살 수 있도록 최적화되어 있지 않다. 그러니 아이는 아이답게, 어른은 어른답게 마음의 물관을 키울 수밖에 없다. 우리의 팔 하나가 떨어져 바닥에 나뒹굴기 전에 우리가 만든 사막으로부터 돌아와야 한다. 우리의 마음에 마르지 않는 물관을 만들어야 한다.

오늘 밤에는 다육이에게 사막에서 우리나라로 어떻게 왔는지 그 길이라도 물어야겠다.

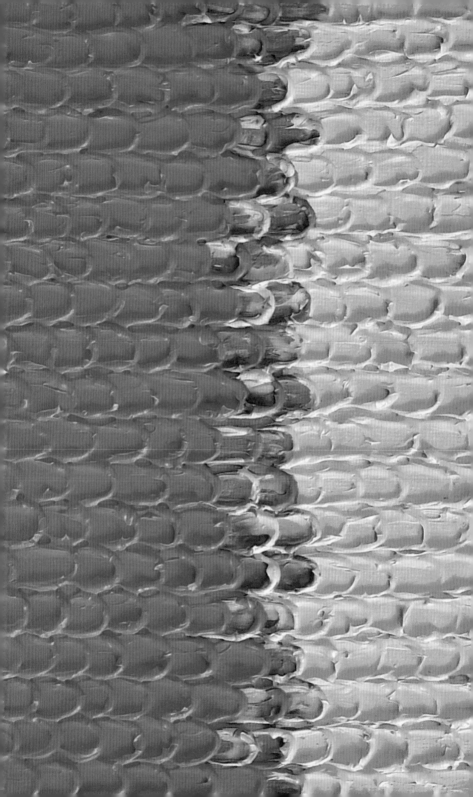

13. 균형

태풍이 다녀간 뒤 하늘은 유난히 맑아졌다. 이발소에 걸린 사진처럼 뭉게구름이 뭉실뭉실 걸려있고 그 위로 더 높아진 하늘은 눈이 부시도록 푸르다. 하늘을 볼 때마다 감탄하게 되는 날이 이 계절이다. 지난여름 그 뜨겁던 나날과 회색의 태풍은 언제 그랬냐는 듯 까마득해진다. 조물주가 인간에게 준 선물이다. 여름 다음의 가을이라는 계절.

조화라는 말에 대해 생각해본다. 긴 것과 짧은 것을 조화라고 할 수 있고 굵은 것과 가는 것, 예쁜 것과 못생긴 것 등 이렇게 서로 다른 것들이 짝을 이루어 어우러진 것을 대체로 조화롭다고 한다. 이것을 다른 말로는 균형이 맞다고도 한다. 자세히 들여다보면 세상은 참 신비롭다. 세상 모든 것들이 균형을 맞추기 위해 제 각각의 모습을 가지고 있으며

늘 변화한다는 것이다. 만약 푸르른 하늘이 사시사철 변함없다면 우리
는 하늘이 아름답다고 할 수 있을까.

　사람들은 대체로 자기가 잘 쓰지 않는 손목에 시계를 찬다. 그러니까
시계를 어느 손목에 하고 있느냐만 보아도 그 사람이 오른손잡이인지
왼손잡이인지 대충은 알 수가 있다. 그것도 균형 맞추기의 일부다. 오른
손이 무엇인가를 만지거나 잡을 때 비어있는 왼손의 균형을 맞추기 위
해서 시계가 거기에 있어야 하는 것이다. 왼손이 전화기를 잡고 통화를
할 때 오른손으로 자기도 모르는 낙서를 하는 것도 균형의 일부라고 한
다. 우뇌와 좌뇌의 움직임에 대한 균형 잡기이다.

　이사를 하고 난 뒤 냉동실 문이 저절로 열리는 일이 일어났다. 꼭 닫
았다 싶은데도 퇴근해서 가보면 문이 열려 그 안의 것이 전부 녹아 낭패
를 보는 일이 생겼다. 쓴 지가 제법 된 것이라 낡아서 그런 것이겠거니
하고 있다가 어느 날 우연히 그것이 균형이 맞지 않을 때 생길 수 있는
현상이라는 것을 알았다. 뒤쪽과 앞쪽의 균형을 잘 잡아야만 문이 제대
로 닫힐 수 있는 것이었다. 그래서 뒤쪽을 조금 낮추고 난 뒤 감쪽같이
문 열림 현상이 사라졌다. 균형에 대해 미처 생각하지 못했을 때의 일이
다. 간혹 오래된 식당에서 식탁 다리 밑에 끼운 두꺼운 종이를 발견할
때가 있다. 냉장고가 그렇듯 식탁도 네 개의 다리가 균형을 이루지 못하
면 식탁으로서의 역할을 못 하게 되는 것이다.

사람과 사람 사이에도 균형은 필요하다. 성격이 급한 사람에게는 차분한 성격의 친구가 필요하고 소극적인 사람에게는 적극적인 성향의 친구가 필요하다. 그래야 각각 균형을 이루며 살아가게 된다. 냉장고나 식탁의 다리와는 달리 사람은 의도적으로 스스로 이 균형을 깨거나 유지해 갈 수 있다. 그런데 안타깝게도 사람들은 대체로 자신이 균형을 맞추기보다는 상대방이 맞춰주기를 바란다.

　사람은 누군가 맞춰주어야만 균형을 잡을 수 있는 냉장고가 아니라서 얼마나 다행인가. 균형을 맞추기 위해 내가 먼저 안녕하세요, 할 수 있어서. 내가 먼저 고마워, 미안해, 할 수 있어서 얼마나 다행인가. 마치 입이 없는 것처럼 손이 없는 것처럼 누군가가 먼저 말하기를, 손잡아 균형 맞춰주기를 기다린다면 냉장고나 비뚤어진 식탁과 무엇이 다를까.

　가을 하늘은 그 무덥고도 암울했던 여름 하늘이 물려준 나름의 보상이다. 그 여름이 균형을 맞추려고 가을하늘을 불러온 것이다. 그 하늘 아래, 균형을 맞춰보려고 우리는 오늘 누구에게 손을 내밀어 보았을까. 누구에게 좋은 아침이에요, 먼저 인사를 건네보았을까.

14. 잔치국수나 먹으러 갈까

의기소침한 내게 그가 건넨 말이다. 잔치국수나 먹으러 갈까.

이론적으로 밝혀보자면 국수는 다량의 탄수화물로 구성되어 있다. 탄수화물은 포도당으로 분해되어 체내에 흡수됨으로써 에너지 생성에 관여하게 된다. 이때 생성되는 에너지는 엔돌핀 형성에도 영향을 미칠 수 있다. 포도당은 우리 몸이 유기적으로 돌아가는 데 필요한 가솔린 같은 역할을 해 주기 때문이다. 결국 국수는 엔돌핀 생성에 관여하는 좋은 음식이며 곁들여 먹는 고명에 따라 또 다른 영양까지도 챙길 수 있다.

그래서 나는 울적해진 기분을 달래주는 최고의 음식으로 잔치국수를 꼽는다.

잔치국수는 주식보다는 새참이나 밤참의 주메뉴였다. 멸치와 다시마 등 갖은 재료들을 넣고 푹 우려낸 육수에 금방 삶은 국수를 말아, 양념 간장 한 숟가락을 얹어 먹으면 그보다 더 맛있는 음식은 없었던 것 같다. 어린 시절에는 고명이랄 게 별로 없었다. 집 앞 작은 밭에 있던 부추를 데쳐서 얹어 먹는 게 전부였고 김치를 잘게 썰어 곁쳐먹기도 했다. 요즈음 국숫집에 가면 계란지단이나 어묵을 얇게 씰어 얹어주는 집도 있고 김가루를 뿌리고 노란 단무지를 얹어주는 집도 더러 있다. 어릴 적 내가 먹었던 국수에는 양파를 볶아서 얹어 먹곤 했는데 그것은 우리 집만의 특징이었던 것 같다. 그래서 그런지 나는 아직도 국수에 달착지근하게 볶은 양파를 곁들여 먹는 것을 좋아한다. 양파는 피를 맑게 하는 성분이 있으며 중성지방과 콜레스테롤 수치를 낮추는 기능 또한 가지고 있다. 그러므로 혈압에 좋은 효과를 나타낼 수 있으며 간 기능 강화에도 도움이 될 수 있다. 그러나 국수 맛을 가장 좌우하는 것은 이러한 고명들이 아니라 국물이다. 어떤 멸치를 쓰고 어떤 재료들을 넣어 우려내느냐에 따라 그 맛은 달라진다. 물론 그 재료를 넣는 방법에 따라서도 국물 맛은 달라질 수 있다고 들었다.

우리가 어떤 음식에 추억을 부여하는 것은 그것을 먹어 본 사람만이 누릴 수 있는 특권이다. 특히 어린 시절에 먹어 본 많은 것들은 문득문득 그 향수를 불러일으키곤 한다. 그러나 그것을 만들어 주던 사람은 없고 그것을 먹던 때와는 다른 먹거리들이 많이 생겨났다. 그럼에도 그것은 잊을 수 없는 추억으로 혀끝에 침을 돌게 한다. 더러는 아픔으로 더

러는 행복함으로 우리를 움직이게 하는 추억 중 음식만한 것이 어디 있을까.

사람마다 위안을 얻는 방식은 다르다. 여행이나 좋은 음악, 책 같은 것들과 더불어 맛있는 음식 역시 위안을 얻는 한 가지 방식일 수 있다. 혀끝에 침을 돌게 하는 인간의 반응은 여러 가지 효과를 불러낸다. 침은 구강 내의 건강을 지켜주는 것 외에 소화에도 영향을 미친다. 긴장하거나 스트레스가 심할 때 침이 바짝 마르는 경험을 해 본 적 있을 것이다. 그렇다면 침이 분비되는 현상은 그 외의 경우에 해당된다고 할 수 있다. 어떤 음식을 생각할 때 입 안에 침이 돌게 된다면 그것으로 우리는 스스로를 돌보는 즐거운 기전에 돌입하게 된 것이다.

잔치국수나 한 그릇 먹으러 갈까, 기분이 우울할 때 내가 나에게 건네보는 말이다.

'이 세상에 처음부터 내 것이었던 것은 없다. 정말 아무것도 없다. 우리는 다만 빌려 쓰고 있을 뿐이다. 잠시 빌려 쓰던 것이니 돌려주어야 마땅하지 않을까. 느닷없지만, 영원한 사랑이 없다는 말은 그것 또한 처음부터 내 것이 아니었기 때문일지도 모른다.'

가을 걷기

1. 플라시보 효과

어릴 적 나에게 만병통치약은 설탕물이었다.

배가 아파도, 목이 아파도, 심지어 고열이 나도 엄마는 대접에다 검은 설탕 한 숟가락을 떠넣어서 휘휘 저어 주는 게 전부였다. 그 달콤한 물 한 그릇 마시는 일은 나에게 큰 행복이었고 그것을 마시고 나면 얼마 있지 않아 신기하게도 감기나 몸살이 뚝 떨어지곤 했다. 그 시절 나는 흑설탕을 약으로 알고 있었다. 지금은 흔하디흔한 것이 설탕이고 흑설탕 외에 유기농 원당도 많이 나와 있지만, 그때는 엄마가 설탕 한 봉지를 무척 아껴 먹었던 기억이 난다. 그러니까 음식을 할 때 조미료의 용도로 쓰는 것이 아니라 우리 집에서 그것은 약이었다. 그래서 가끔은 그 달달한 물이 먹고 싶어 엄마에게 꾀병을 부린 적도 있었다. 어린 시절 병원

이라고는 단 한 번도 가 본 적 없으니 실제로 그것이 나에게는 만병통치
약이었는지도 모르겠다.

　나는 일 년에 한 번, 봄마다 심한 감기몸살을 앓곤 했다. 그 습관은
지금까지도 이어져 봄이면 몸살을 앓는다. 지금은 병원에 가거나 약국
에 가지만 그럴 때마다 생각해보곤 한다. 엄마의 처방, 그 검은 설탕물.
어른이 되고서도 그렇게 설탕물을 마셔본 적 있다. 그러나 그때의 느낌
과 달라서 내 감기를 낫게 하지는 못했다.

　엄마의 처방이 몸에 밴 까닭인지 나도 아이들을 키우면서 병원에 데리
고 다닌 기억이 별로 없다. 우리 아이들에게 내가 내리는 만병통치약은
꿀물이었다. 나의 아이들도 꿀물을 먹으면서 내가 그랬던 것처럼 큰 탈
없이 어린 시절을 보냈다. 성인이 되고서도 가끔 꿀물 이야기를 하는 것
을 보면 나와 같은 추억이 아이들에게도 생겼을지 모르겠다.

　지금 세상은 약의 천국이다. 노인들은 만나면 몇 가지의 약을 먹고 있
는지가 자연스러운 화제이며 어떤 약이 어디에 좋다더라 하는 말은 세
상으로 나오기가 무섭게 불티나게 팔려나가곤 한다. 약이 없던 시절은
이 세상에 없었던 것처럼 약에 의지하고 약을 애용하는 사람들이 늘어
가고 있다. 약이 없다면 정말 어떻게 살아갈 수 있을까.

　병원에서 고통을 호소하는 환자에게 증류수를 근육 주사하면 실제로

통증이 없어졌다고 하는 경우가 있다. 물론 그 정도가 심각한 환자일 경우에는 불가능한 일이겠지만 일반적으로 신경성일 경우에는 그 위약이 효과 있는 경우가 많다. 환자는 자신이 진통제를 맞았다고 생각하는 것이고 결국 생각만으로도 통증이 가라앉을 수도 있다는 것이다.

내가 어린 시절 수도 없이 마셨던 그 설탕물은 위약과 다름없는 것이었다. 포도당이 몸에 에너지를 만들어주고 따뜻한 물로 몸에 수분을 보충함으로써 감기 바이러스가 확산 안 되도록 막는 효과를 발휘했을 수도 있다. 그러나 지금 생각해보면 나는 설탕물을 마시면서 약을 먹는다는 생각을 했고 그 생각이 내 몸을 살아나게 하고 감기를 이겨내게 하는 원동력이 되지 않았을까 싶다.

위약이 좀 필요한 시대라는 생각이 든다. 내 마음이 특효약이라고 생각한다면 그것은 내 몸에 들어와 정말 특별한 효과를 낼 수도 있을 것이다. 이런 차원에서 보자면 사랑이라는 것도 위약이나 다를 바 없다. 사랑을 안 해본 사람은 한 사람도 없을 테니 그것이 우리 몸을 어떻게 활기차게 하는지는 모두가 알 것이다.

약국에 가기 전에 내 마음에게 위약을 먹여보자. 나도 모르게 나에게 속아서 나를 낫게 해주는 것, 특효약은 약국에 있는 것이 아니고 우리 마음속에 있는지도 모를 일이다.

2. 우리는 존재한다

꽃샘추위가 몇 차례 지나가고 그 칼날 같은 바람 속에서도 개나리가 왔다 가고, 진달래가 왔다 갔다. 이제 영산홍의 시절이다. 화단이 붉게 타오르고 공원에는 사진 찍는 할머니들로 붐빈다. 삼월부터 시작된 봄이니 참 바쁘게도 많은 것들이 다녀갔다. 특별한 의미로 남은 것들은 오롯이 살아있기도 하지만 많은 것들이 존재감을 남기지 못한 채 스러져 갔다. 기억되는 것보다는 아무런 기억이 되지 못하는 것이 언제나 훨씬 많다. 지나고 나서 돌이켜보는 건 변명일 뿐 바쁘다는 건 참 말도 안 되는 핑계다.

그런데 불현듯 그 공원에서 영산홍이 비명처럼 내지르는 소리를 들었다 그 짙붉은 비명이 왜 내게 들어왔는지는 알 수 없으나 나는 오래 그

앞에 서 있을 수밖에 없었다. 멀리서만 보았던 꽃을 처음처럼 그렇게 들여다보았다. 다음 말을 들을 수 있을 때까지.

누군가에게 나를 각인하는 일은 쉬운 일이 아니다. 이름이 특별하다거나 미모가 특별하다거나 재치있는 말을 잘한다거나 무엇이든 평범하지 않은 것이 하나쯤은 있어야 상대방이 자신을 잊지 않게 새길 수 있다. 이름을 바꾸는 사람들이 늘어났고 얼굴 성형을 하는 사람들도 늘어났다. 이런저런 생각으로 머물던 내게 문득 이런 생각이 떠올랐다. 넌 영산홍인데 그러면 나는 누구인가?

느닷없이 정체성에 대해 고민할 때가 있다. 준비도 없이 충격적인 일을 겪을 때도 그렇고 열등감 속에서 몸부림칠 때도 그렇다. 그렇다면 나는 누구인가. 철학자 데카르트가 그랬듯 존재와 생각은 원인도 결과도 아닌 양립하는 그 무엇이다. 나는 그러니까 내가 누구인가라는 질문을 가진 순간부터 진정으로 존재하게 되는 것이다. 그러나 그렇다고 해도 생각만 있다 해서 내가 존재한다고 보기는 어렵다. 그것으로는 내 정체성이 명확해지지 않는다. 그렇다면 방법을 바꿔보는 것 또한 방법이다. 데카르트식의 의심법이다. 나는 나를 의심한다. 내가 정말 존재하는가. 나는 없는 존재임에도 있는 것처럼 착각하고 있는 것은 아닐까. 나는 없고 실재하는 것은 저 영산홍이 아닐까. 나는 없는 존재가 아닐까.

그런 고민 속에서 엎치락뒤치락하다 보면 나도 모르게 어떤 결론에 도

달하게 된다. '나는 존재한다'라는 결론이다. 나는 나의 정체성을 찾기 위해 영산홍의 힘을 빌렸다. 영산홍의 비명은 자신을 알리려는 게 아니라 나를 발견했다는 놀람의 표현이었다. 나에게 너는 존재하고 있어, 라고 말해주려던 것이었음을 알게 된 것이다. 천지에 꽃만 가득하여 내 존재는 그 어디에도 없는 것처럼 느껴졌다. 그런데 사진을 찍으려다 말고 퍼뜩 떠오른 생각이 그것이다. 내가 들여다보고 감탄해주어야만 존재하게 되는 영산홍처럼 나 또한 영산홍에게는 그랬던 것이다.

나는 확실히 존재한다. 영산홍이 나를 불러주었기 때문이다. 당신 또한 나처럼 존재한다. 내가 당신,이라 불러주었기 때문이다. 우리는 서로 존재한다. 다만 기억할 일이 있다. 영산홍은 자신이 가장 아름답게 붉은 때에 나를 불렀다. 적어도 누군가를 부를 때의 자세는 그래야겠다. 가장 붉을 때 가장 아름다울 때, 그때가 아니라면 아무리 훌륭한 당신이라 하더라도 아무도 부르지 마시기를….

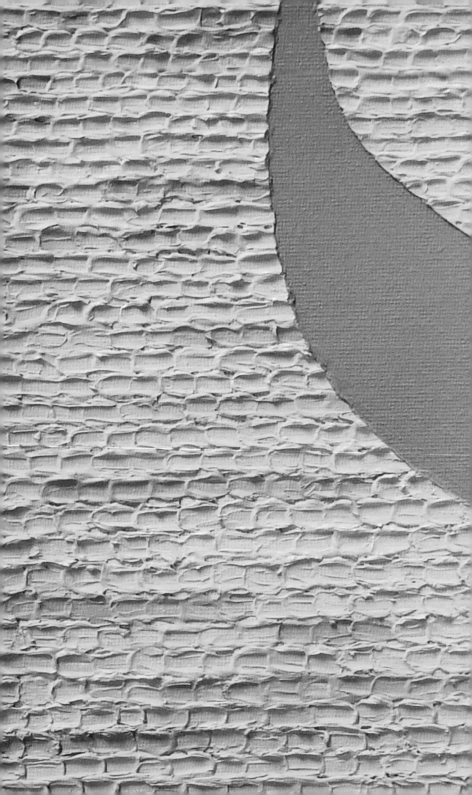

3. 여름 보내기

　아침저녁으로 바람이 제법 시원해졌다. 밤새도록 틀었던 선풍기를 꺼
버려도 전혀 덥지 않다. 나는 이상하게도 찬바람이 느껴지면 그 순간부
터 마음이 끝을 알 수 없는 심해를 헤매는 듯 막막해지곤 한다. 깊이를
알 수 없는 서슬 퍼런 그곳, 발이 닿지 않아 자꾸만 아래로 내려가야 할
것 같은 그곳, 가을이 시작되기도 전 내 마음은 벌써 가을 앓이를 시작
하는 것이다.

　나는 오랫동안 가을이라는 계절을 견디기가 힘들었다. 싱싱하던 꽃이
나 나뭇잎이 땅속으로 스러져가는 모습이 한 삶의 마지막을 보여주는
것처럼 느껴져 마음이 아팠다. 내 삶도 그것들과 다를 바 없이 사라질지
도 모른다는 생각에 다다르면 주체할 수 없는 서러움에 목놓아 울곤 했

다. 그런데 몇 년 전, 갑자기 찬바람이 느껴지기 시작하면서 아직 시작도 하지 않은 가을에 대해 예민해진 나를 돌아보게 되었다. 나는 가을이라는 계절을 맞는 것이 힘들었던 것이 아니라 여름을 보내는 일이 힘들었다는 것을 그때 알게 되었다.

여름은 무엇인가를 시작하기에도 마무리하기에도 쉬운 계절이 아니다. 무더위와 싸우며 그냥 나무 그늘 같은 곳에 앉아 친구나 가족들과 여가를 즐기며 보내는 방법이 가장 쉬운 방법일 것이다. 그런데 그해 여름 무더위라는 것과는 상관없이 내 마음을 힘들게 했던 상황들…. 나는 대상포진을 앓았고, 고립된 침대에 누워 고독이 무엇인지를 더 깊이 알게 되었다. 그러면서 내 마음에서 떠나보내야 할 것들에 대해 알게 되었고 내 자신이 돌봐야 할 스스로에 대해서도 알게 되었다. 그러니까 평범하게 보내지 못한 나의 여름이 나에게 가져다 준 선물 같은 것이었다. 그 후로 나는 다가올 계절 때문이 아니라 지나가는 계절을 잘 보내지 못하는 것 때문에 마음에 병이 생긴다는 것을 알게 되었다.

입으로는 현재에 최선을 다하는 것이 중요하다고 외치면서 가슴으로는 그러지 못했다. 아무래도 마음으로 너무 많은 것을 잡아두려 했기 때문이리라. 보내야 할 것들을 제대로 보내지 못했기 때문이리라. 10년도 넘은 옷을 버리지 못하는 것을 보면 내가 얼마나 떠나보내는 일에 미숙한지 스스로도 알만하다. 법정 스님은 "일상적인 내 삶이 성에 차지 않거나 다시 시작하고 싶을 때는 나는 내가 가진 소유물을 미련 없이 정돈

한다."고 했다.

나도 마음이 허전하고 외로울 때마다 무엇인가를 정리해야겠다는 생각을 했다. 내가 해본 방법은 물건을 버려보는 것이었다. 특별히 애착 가졌던 것 하나를 버리는 것인데 그 이유는 그럼으로써 마음의 집착 하나가 해결된다는 느낌이 들었기 때문이다.

나는 며칠 전 아껴뒀던 노란색 구두를 버렸고 어제는 귀하게 쌓아뒀던 계간지 몇 권을 버렸다. 오늘 아침에는 지난 계절에 열심히 입었던 원피스 하나를 버렸다. 그러면서 생각해 보는 것이다. 내일 아침에는 무엇을 버릴까.

분리수거함이나 헌옷수거함에 밀어 넣고 난 뒤 통 속으로 툭, 떨어지는 소리를 들으면 이상하게도 내 마음에 있던 큰 짐 하나가 덜어지는 느낌이 들곤 했다. 뒤돌아서서 한참 걸어가는 동안에도 그 소리는 메아리처럼 울렸지만 나는 꼬리 자르고 도망가는 도마뱀처럼 해방감을 느끼곤 했다.

그렇지만 어떤 아침이면 여전히 마음이 심해 어딘가를 헤매고 있다는 생각이 드는 것을 보면 아직 버려야 할 것이 많다는 뜻이리라. 순간적으로 후련한 느낌이 들었지만 쌓인 것들을 제대로는 버리지 못했던가 보다. 다만 장자가 그러했듯 쓸모없다고 생각하는 이 집착들이 부디 어느 날엔가는 '쓸모있음'으로 거듭나기를 바라보는 것이다.

이제 한낮에만 여름이 남아있다. 나는 일부러 창문을 활짝 열고 커튼을 활짝 열어젖힌다. 떠나가는 여름을 잘 배웅하기 위해서다. 여름이 가지고 왔던 상념들을 여름이 고스란히 가져가 주기를 바라기 때문이다. 누군가를 잘 배웅했을 때 돌아서는 발걸음은 한결 가벼워진다.

4. 손잡기의 효능

'행복한 가정은 살아가는 모습이 서로 엇비슷하지만, 불행한 가정은 저마다 다른 모양으로 괴로워하는 법이다.' 톨스토이의 안나 카레니나는 이렇게 시작된다. 삶에서 비슷한 점은 무엇이고 다른 모양은 무엇일까, 행복이 비슷하게 드러난다면 불행은 각기 다른 모양으로 나타난다는 말일까, 그렇다면 이렇게 말을 바꾸어보는 것은 어떨까. 행복한 사람은 비슷한 표정을 가지고 있지만 불행한 사람은 그 나머지의 표정으로 가지각색이다.

나의 아버지는 참 완고한 분이셨다. 완고하다는 말이 가진 고상한 품격과는 좀 다른 완고함이었지만 나는 그것도 고상함의 한 갈래라고 생각해왔다. 그것이 우리 집 행복이나 불행을 판가름하는 데 큰 영향을 미쳤기 때문이다. 엄마가 쪽진머리를 자르고 파마를 하고 온 날이었다. 하필 가을장마가 시작되던 날이었고 논일을 깔끔하게 마무리하지 못한 아버지는 하늘을 쳐다보며 수없이 혀를 차다 외출하고 온 날이었다. 신식이라는 말을 지나치게 거부하던 아버지를 어떻게 감당하려고 그랬는지 조마조마한 우리 오남매와 달리 엄마는 담담하게 행복해 보였다. 얼큰하게 취한 아버지의 눈에 엄마는 낯선 사람이었다. 왜 남의 방에 들어와 잠을 자느냐고 묻고는 방문을 열어놓은 채 아버지는 돌아누우셨다.

아버지는 막내딸인 나에게조차 애정표현이라고는 하실 줄 모르는 분이셨다. 밥상에서 갈치 뼈를 발라주거나 팽개쳐진 책가방을 들어 책상옆에 잘 정리해주는 것으로 애정표현이 충분하다 생각하시는 분이셨다. 초등학교 6학년 때였다. 미술 시간에 아버지의 손을 그려오라는 숙제를 내주었는데 나는 그때 처음으로 아버지의 손을 자세히 잡아보았다. 별걸 다 한다고 한마디 하고는 억지로 손을 내밀었는데 아버지의 손은 참 컸으나 의외로 하얬고 손가락이 가늘었다. 나도 다른 친구들처럼 아버지 손을 잡고 버스에 오르거나 시장에도 가고 싶다고 말하자 아버지는 내 머리카락을 헝클어뜨리며 쓰다듬어 주셨는데 나는 아직도 그날 그 손바닥의 느낌을 생생하게 가지고 있다.

나는 옆 사람과 손잡기를 좋아한다. 손가락 마디마디에서 오는 그 굴곡을 내 손끝으로 느끼기를 좋아한다. 손바닥이 거칠면 거친 대로 부드러우면 그런대로 나는 손을 만지는 일이 그 사람 전부를 들여다보는 일처럼 행복하다. 아버지의 손에 대한 그리움이 그런 형태로 나타난 것일지도 모르지만 나는 악수할 때 전해지는 그 사람의 느낌을 믿는다. 상대방 또한 그렇게 나를 읽어 내리라 믿는 것이다. 그러니까 행복은 어떻게 나타나느냐가 문제가 아니라 어떻게 받아들이느냐가 문제다. 간혹 터치의 정도가 지나쳐 사회적 물의를 일으키기도 하지만 부적절하지 않다면 그것은 사람과 사람 사이의 온도를 전달할 수 있는 좋은 언어가 될 수 있다고 확신한다.

　병상에 있는 환자들에게 어깨 한번 쓸어 주는 일이, 손 한번 잡아주는 일이 얼마나 큰 힘이 될 것인지는 경험자가 아니라도 충분히 짐작할 것이다. 굳이 진단을 받지 않았다 하더라도 인간은 평생 행복을 추구하고 사랑을 갈망하는 병원 밖의 환자다. 톨스토이의 말을 뒤집어보자. 행복은 아주 단순한 손잡기만으로도 올 수 있지만 불행은 손잡지 못한 것에서부터 비롯된다. 그러니까 행복이 가는 길과 불행이 가는 길은 다르지 않다. 불행이 여러 가지 얼굴을 가지고 있다면 행복 또한 그럴 것이다. 이 길이 불행할까 두려워하기보다는 얼마나 행복할까로 고민하자. 아시겠지만 불행은 조금 심술궂어서 행복의 장갑을 끼고 손 내밀기도 한다. 그러나 안 속으면 된다. 완고한 내 아버지처럼 방문을 열어놓고 돌아누워 버리면 된다. 오직 손 내미는 당신을 믿으면 된다. 그러면 행복은 그런 당신을 오랫동안 극진히 돌볼 것이다.

5. 부러워야 이기는 것

    글을 쓰는 한 지인이 격리 생활에 들어갔다. 부인과 아이가 오미크론 확진을 받는 바람에 본인이 역격리를 당해 반쪽의 격리를 시작했다. 시내 한 곳에 숙소를 정하고 규칙적으로 향하던 방향이 아닌 반대 방향으로 퇴근을 하게 되었다. 처음 그의 표정은 조금 들떠있는 것처럼 보였다. 혼자 있으면서 할 일을 계획하고 반쪽이지만 전업 작가의 흉내를 낼 수 있을지도 모른다는 기대로 목소리가 높아진 듯 보였다. 그런데 며칠이 지난 어느 날 그는 아무것도 하지 못했노라 고백했다. 혼자 있어서 누릴 수 있을 거라고 생각했던 자유의 기쁨은 온데간데없고 자신이 평소 가졌던 평범했던 생활의 상실감만 커졌던 것이다. 모든 일에 적극적이고 애착이 많아 보이던 그는 부러워하던 한 가지를 경험했고 그 안에서 누군가의 부러움을 살 만한 자신이 가진 한 가지에 대해서 알게 되었다.

사람들은 자신이 경험할 수 없는 것에 대해 호기심을 가지거나 부러워한다. 자신이 가진 것보다는 없는 것에 대해 먼저 생각하게 되고 타인이 가진 것이 대체로 더 크게 보이기 때문이다. 부러우면 지는 것이라는 말이 유행어로 떠도는 것은 부러워하는 마음을 부끄러움의 의미로 인식하기 때문일 것이다. 그렇지만 나는 부러워하는 그 마음에 대한 예찬론자다. 부러워하는 것이 많은 사람은 관심이 많은 사람이다. 창조는 관심에서 시작되고 부러움은 관심을 불러일으킨다. 욕심이 하나를 가지고도 다른 손으로 또 하나를 가지고 싶어 하는 마음이라면 부러워하는 것은 자신이 없는 것에 대해 자신도 가졌으면 하고 바라는 마음이다. 그래서 나는 부러움이 많은 사람은 삶에 대한 애착이 강한 사람이라고 나름 단정하기도 한다.

부럽다는 말은 시기나 질투와는 다른 의미의 말이다. 부럽다는 말은 말의 화살표가 자신의 마음 쪽으로 향해 있는 반면 시기와 질투는 상대방 쪽으로 시위를 겨누고 있다. 부럽다는 것은 자신을 긍정적인 쪽으로 변화시키려는 노력이고 시기나 질투는 상대방의 가치를 인정하지 않고 파괴하려는 부정적인 공격성이다. 가령 한 연예인이 무척 아름다워서 부럽다는 말은 자신도 그렇게 아름다워지고 싶다는 마음을 나타내는 데 비해 시기하고 질투하는 것은 그 연예인의 얼굴이 어떤 이유로든 못생기게 되는 결과가 초래되도록 공격하려는 심리가 작용되는 것이라고 할 수 있다.

나는 부러움이 많은 사람은 무엇이든 이루어 낼 가능성이 높은 사람이라고 본다. 그래서 부러운 마음이 없어지는 나날에 대해 경계하고 어떤 날은 일부러라도 부러운 마음을 놓치지 않으려고 애쓰기도 한다. 좋은 시집이 나왔거나 좋은 글이 발견되었을 때 부러운 마음이 없어진다면 내 글이 더 발전할 수 없을지도 모른다는 조바심이 생기기도 한다. 그래서 최대한 부럽다는 자극을 놓치지 않기 위해 언제나 부러움이라는 전원을 켜두고 안테나를 쫑긋 세우고 있다. 부러움조차 없어졌다고 말하는 선배를 만날 때면 안타까운 마음이 드는 것은 그 평화가 어떤 나날을 거쳐 그곳에 당도했을지, 남은 삶이 어떤 곳으로 가고 있을지 아는 까닭이기 때문이다. 나는 그런 평화로운 날이 빨리 오기를 바라지 않는다.

일주일 정도 격리를 당했던 지인은 곧 돌아갈 보금자리에 대해 벌써 들떠있어 보인다. 그는 자신의 울타리 안을 바깥에서 볼 수 있는 기회를 가졌다. 자신이 빠진 가족을 들여다보면서 함께였던 일상을 그리워하게 되었다. 그는 이제 한 가지의 부러움은 없어진 셈이다. 그는 가끔 어제의 자유를 부러워하며 혹은 자유로웠던 며칠간 느꼈던 그 공허감을 떠올리며 평화로이 살아갈 것이다. 다만 그의 평화가 과속방지턱 하나 없는 고속도로가 아니길 빈다. 어쩌다 브레이크를 밟으며 또다시 어떤 자유를 부러워하며 자신이 닿지 못한 공간에 대한 부러움을 가지며 살아가길 빈다. 많이 부러워하는 자가 승리한다. 많이 부러워하는 작가만이 좋은 글을 쓸 수 있다.

6. 가을꽃과 추억과 쓸쓸함

  가을이 깊어지면서 들판은 온통 꽃 잔치다. 봄에 꽃을 피웠던 나무들은 단풍으로 다시 한번 꽃을 피우고 비탈진 곳이나 수풀이 우거진 사이에는 몇 계절을 건너온 꽃들이 지천으로 흐드러져 있다. 가을꽃은 그 빛깔이 환해서 몇 송이만 있어도 방 한가득 빛이 드는 느낌처럼 환해지기도 한다. 나는 이 계절에 들판에서 볼 수 있는 꽃을 통틀어 들국화라고 불렀다. 그런데 불과 몇 년 전 야생화를 연구하는 한 분이 그들이 가진 각각의 이름을 자세히 구분해주셨다.

  꽃의 크기로 빛깔로 그들의 이름은 각각 구분되어 있었다. 구절초, 쑥부쟁이, 산국, 감국 등이 그들의 이름이다. 쑥부쟁이와 구절초를 구별하지 못하고 들길을 걸었던 자신을 탓하는 한 시인처럼 나도 어리석게 그 꽃들의 이름을 제대로 알 생각도, 불러 줄 생각도 하지 않았다. 작은 노랑에서부터 큰 노랑, 옅은 보라에서 진보라… 가지각색의 아름다운 꽃들은 가을 들판이 화려해질 수밖에 없는 이유였다. 나는 이 중에서 노란색 국화를 특히 좋아했는데 나중에 알고 보니 감국이라는 이름을 가진 꽃이었다. 그것은 크기가 손톱처럼 작은데 향기는 그 어떤 꽃보다도 진해서 몇 송이만으로도 제 존재감을 확연히 드러낼 수 있는 꽃이었다.

학창 시절, 나는 특별히 좋아하던 선생님이 있었다. 선생님이 레이스가 달린 원피스를 입고 긴 단발머리를 나풀나풀 휘날리며 햇살을 등지고 복도 저쪽에서 걸어오시면 나는 하늘에서 천사가 내려온 듯한 황홀감에 빠지곤 했다. 내 마음에서 선생님은 언제나 천사나 다름없었다. 내가 가톨릭 학생회에 들어가 세례를 받은 것도 그 선생님의 영향이었으며, 음악 감상반에 들어가 생전 처음 라흐마니노프를 듣고 지금껏 클래식으로 취향이 굳은 것도 그 선생님의 영향이었다. 그러던 어느 날, 선생님께 어떻게든 내 관심을 표현하고 싶어서 궁리 끝에 꽃을 꽂아드리기로 했다.

지금처럼 조금 늦은 가을이었다. 새벽에 일어나 들판으로 나갔다. 며칠 전에 보았던 유난히 샛노랗고 향기가 진한 꽃을 꺾기 위해서였다. 어둠이 채 걷히지 않은 때였지만 무서운 줄도 모르고 한적한 산 아래까지 걸어가 그 꽃을 한 아름 꺾었다. 그리고는 제일 이른 시간에 학교로 가서 선생님이 오시기 전에 교무실의 책상에 꽃을 꽂아드렸다. 온 교무실이 꽃향기로 가득해졌고 누가 꽂아놓은 꽃이냐는 추적 끝에 나의 소행임을 선생님은 알게 되었다. 그 선생님은 무척 좋아하셨지만 담임 선생님께서는 섭섭해하셨던 기억이 있다. 삼십 년이 지난 지금도 담임 선생님께서는 그 들국화 이야기를 간혹 하신다. 그러면서 천사라고 불렀던 선생님의 안부를 알려주신다. "너 그때 그 선생한테 미쳐 있었잖아…." 하시는 말씀도 빠뜨리지 않으신다.

다시 그즈음이다. 들판엔 노란 감국이 지천으로 피었다. 아무리 멀리 있어도 그 향기는 단번에 나를 점령한다. 그럴 때마다 나는 몇 송이 꺾어 누군가의 책상에 꽂아주고 싶어진다. 선물을 해도 안 되고 받아도 안 되는 시대, 예전처럼 저 감국 한 다발을 꺾어 선생님께 선물한다면 어떤 벌을 받게 될까.

가을 들판은 아름답고 추억도 매년 피었다 지곤 한다. 추억이 많은 사람은 행복하다고들 한다. 그것은 언제라도 지난 그 순간처럼 마음을 따뜻하게 해주기 때문인지도 모른다. 들판에 나가 들꽃을 배경으로 사진 찍는 추억을 쌓고 온다면 가산점을 주겠노라 말하고 강의실에서 나오는 길이 조금 쓸쓸했던 이유를 새로 나온 전화기 열풍에 들떠있던 학생들은 알기나 할까.

7. 마스크

초미세먼지가 우리나라 전역을 뒤덮으면서 마스크의 열풍이 일어났다. 홈쇼핑 등에서는 각종 마스크를 앞다투어 소개하고 초미세먼지를 얼마만큼 막아내는지에 대한 광고에 열을 올렸다. 그러면서 차츰 진화한 마스크가 등장했는데 모양이나 크기, 색상 등이 다양하여 어떤 이들은 위생의 개념이 아니라 패션의 일부로 그것을 활용하는 즈음에 이르렀다.

마스크는 가면이라는 의미도 있다. 연극이나 각종 연예활동에 쓰일 때는 그런 개념으로 쓰이는 게 보편적이다. 그 외 일반인들에게 마스크는 대부분 위생용품의 개념으로 쓰인다. 감기에 걸렸을 때 자신을 보호하기 위해 혹은 타인에게 피해를 주지 않기 위해 사용하며, 면역에 취약한 환자가 자신을 보호하려는 개념으로 마스크를 착용한다. 순전히 위생용품이라는 취지다. 하지만 초미세먼지가 극성을 부리고 난 뒤 마스크는 그 용도가 달라졌다.

　수업 시간에 마스크를 착용하고 등장하는 학생들이 늘어났다. 처음에는 감기나 다른 건강의 문제가 있겠거니 생각하고 넘겼는데 자꾸 그 수가 늘어나서 한 학생에게 물었다. 그런데 의외의 대답을 하는 것이었다. 소위 '생얼'이라서 마스크를 착용할 수밖에 없다는 것이었다. 그러니까 수업에 마스크를 착용하고 나타나는 학생들 대부분이 화장을 하지 않았기 때문이라는 것이다. 처음에는 여학생들 사이에 그렇게 유행처럼 번지다가 최근에는 남학생들까지 가세하여 마스크를 착용하고 강의실에 앉아 있는 일이 다반사다. 초미세먼지로 환경이 사회적 골칫거리가 된 동안 젊은이들은 자신에게 맞는 용도로 탈바꿈시켜 마스크를 활용하고 있는 셈이다.

　그런데 마스크를 착용한 학생들과는 눈을 마주치기가 어렵다. 화장을 안 한 학생들은 얼굴의 대부분을 가릴 만큼의 큰 마스크를 착용한다. 그들의 눈을 볼 수 없으므로 시선이 어디로 향해있는지 볼 수도 없고 그들의 생각을 짚어보는 일 또한 불가능하다. 사람은 눈으로 소통한다. 눈을 읽고 상대방의 마음을 헤아리고 같이 감동하거나 슬퍼하는 등의 감정을 공유한다. 그런데 그 통로가 마스크로 인해 막혀버린 것이다.

　가면은 여러 용도로 쓰일 수 있다. 내 마음을 상대에게 들키고 싶지 않을 때 쓸 수도 있지만 상대방을 아는 척하고 싶지 않을 때도 사용이 가능하다. 지금 학생들이 사용하는 마스크는 위생용품으로서의 용도보다는 가면의 개념이다. 자신을 가리고 상대방으로 하여금 자신을 알아채지 못하게 하려는 용도로 쓰는 것이다. 화장을 하는 것이 자신을 한껏 드러내고자 하는 의도라면 마스크는 그 반대 의미에 해당한다. 개인의 개성이 중요시되고 그것을 최대한 북돋워 주고자 하는 것이 현대 교육의 실용적 목표이기도 하지만 똑같은 마스크를 착용하는 학생들이 자꾸만 늘어난다면 그것은 다시 몰개성화 현상이 될 것이고 오히려 단절이라는 사회적 병폐를 생산해 낼 수도 있다. 최근 마스크를 착용하고 매스컴에 등장하는 인물은 부정적인 경우가 대부분이었다는 점을 보면 마스크는 하루빨리 벗어던지는 게 맞을 것이다.

최근 초미세먼지에 대한 위험도는 낮아졌다. 그렇지만 또 언제 극성을 부릴지는 알 수 없는 일이다. 그것은 건강에 대한 위협과 마스크를 낳고 갔다. 그사이 어쩌면 우리는 자신을 한껏 가리는 일에 익숙해져 버렸는지도 모르겠다. 그러나 어떤 방식으로든 자신을 온전히 가릴 수 있다고 생각하는 일은 없기를 바란다. 우리는 그 어느 것도 가릴 수 없다. 마스크로 얼굴을 가렸다고 해서 자신까지도 속일 수는 없기 때문이다. 마스크를 벗고 당당히 아침을 맞는 일이 훨씬 생산적이라는 사실도 누구나 알고 있기 때문이다.

8. 외롭지 않게 살 권리

'나는 사망의 순간까지 살아있는 사람으로 대우받을 권리가 있다. 나는 아무리 상황이 변할지라도 희망을 유지할 권리가 있다. 나는 다가오는 죽음에 대해 나의 방식대로 느낌과 감정을 표현할 권리가 있다. 나는 외롭게 죽지 않을 권리가 있다. 나는 고통 없이 죽을 권리가 있다. 나는 평화롭고 인간답게 죽을 권리가 있다……'

이것은 임종 환자의 권리장전 중 일부이다. 평균 수명이 늘어나고 노년으로 살아야 하는 삶이 길어지면서 죽음에 대해 생각하고 대비하는 시간도 길어졌다. 갑작스레 맞는 죽음과 달리 요양원이나 요양병원에서 맞는 죽음은 준비의 시간이 너무 긴 편이다. 동료들이 임종을 하는 순간을 지켜보아야 하고 상황에 따라서는 가족과 단절된 채 오랜 시간을 보내야 한다. 퀴블러로스가 말한 죽음에 대한 반응은 부정, 분노, 협상, 우울,

수용이라는 다섯 단계를 거친다고 하지만 사람에 따라서는 우울로만 세월을 보내다 죽음을 맞을 수도 있고 부정만 하다 임종을 할 수도 있다.

준비 기간이 없는 죽음은 당사자보다 남은 가족에게 끝없는 슬픔과 자책을 주기도 한다. 간혹 불의의 사고가 일어났을 때 사망자들이 가족에게 남긴 문자메시지는 평생 가슴을 쥐어뜯고도 모자랄 아픔으로 남는다. 그런 경우 당사자는 포기와 같은 수용의 단계에 드는 반면 가족들은 받아들이지 못하고 애도의 시간을 너무 길게 가지는 경우가 많다. 그래서 잃어버린 가족의 자취를 찾아다니기도 하고 유품을 들여다보면서 끊임없는 추억에 잠기기도 한다. 어떤 경우에든 죽음은 슬픔이라는 꼬리를 달고 있고 그것은 잘라도 다시 자라는 파충류의 그것처럼 없애버릴 수 없다.

임종 환자의 권리장전을 보면서 입원환자나 가족에게 받는 연명의료중단동의서(DNR)에 대해 생각해 보게 되었다. 연명치료를 중단하겠다는 동의서를 쓰고 나면 환자는 연명과 관련된 아무 의료행위도 받지 않게 된다. 의식이 없는 환자의 몸에 심전도 모니터만 붙여놓은 채 심장이 멈추는 순간을 기다리는 것이나 다름없다. 연명치료를 선택하는 경우 고통스러운 기구들을 몸에 달고 있을 뿐 의식도 없고 가족을 알아볼 수도 없는 상황이라면 연명치료가 부질없으며 환자의 고통만 증가시킬 뿐이라는 사실에 동감한다. 그렇지만 아무런 대응도 하지 않고 죽음을 기다리며 그것을 지켜보는 것 또한 가족에게는 아픔일 수밖에 없다.

어떻든 죽음은 개인만이 아니라 가족까지도 극한의 슬픔 속으로 몰고 간다. 임종 환자의 권리장전은 남은 사람이 아니라 세상에서 곧 사라지고 말 사람에 대한 맹세 같은 것이다. 세상에 나올 때 자유롭게 온 것처

럼 자연으로 돌아가는 순간에도 세상을 온전히 버리고 오롯이 자신만의
세계를 가지고 갈 수 있도록 돕자는 의미일 것이다.

이 중 '나는 외롭게 죽지 않을 권리가 있다'는 말이 오래 메아리처럼
남는다. 온 가족들의 환호 속에서 이 세상으로 왔듯이 삶을 마무리하고
돌아가면 그곳에서도 그렇게 환대를 하는 가족 같은 사람들이 있었으면
좋겠다는 생각을 해 본다.

풍성하던 단풍들이 어느새 사라지고 거리엔 앙상한 가지만 남은 나무
들로 가득하다. 거리 위 가득하던 낙엽들은 어느 세상으로 사라진 것일
까. 내년 봄이면 저들이 다시 돌아와 화려한 봄을 이루듯 세상을 떠나는
사람들 또한 어느 세상에서는 그러하리라. 외롭게 죽지 않을 권리······.
이 말은 외롭지 않게 살 권리와 같다는 생각이 든다. 외롭지 않게 살았다
면 그 죽음도 결코 외롭지 않을 것이므로.

9. 2월에 대하여

'벌써라는 말이 2월처럼 잘 어울리는 달은 아마 없을 것이다. 새해맞이가 엊그제 같은데 벌써 2월.' 오세영 시인의 시이다. 벌써라는 말이 절로 나오는 달, 2월이다. 언제나 그렇듯 새해의 각오를 다지고 몇 개의 계획을 세우고 그런 일로 또 몇 번의 모임을 하고 나면 1월은 모래가 빠져나가듯 술술 흩뿌려지고 만다. 그러다 보면 2월이 되었다는 인식도 없이 끝 무렵의 2월을 만나게 된다. 그래서 2월은 마치 1월의 꼬리처럼 느껴지기도 한다. 다만 윤보영 시인은 '짧아도 아름다운 시간으로 채우면 행복할 2월'이라 했다. 길고 짧음의 문제가 아니라 무엇으로 그 시간을 채우느냐가 중요하다는 말이다.

1월보다는 2월의 계획을 잘 세웠을 때 한 해가 순조롭게 느껴지곤 했다. 그래서 2월은 놓친 1월을 만회할 수 있는 또 한 번의 기회라는 생각이 들기도 한다. 2월을 잘 보낸다는 것은 1월을 잘 보내는 일이었으며 결국은 한 해를 잘 시작하게 되는 일이었다. 그래서 2월은 이름보다는 짧다거나 아쉽다는 말로 불렸으며 위기나 기회라는 말로 불리기도 했다.

소위 규칙적인 월급을 받는 노동자에게 2월이 반가운 달이다. 며칠이라도 일하는 날이 줄어들어서 좋고 월급은 그만큼 당겨 받는 기분이 들어서 좋은 것이다. 그렇지만 반대 입장에서 보면 2월이 부담스러운 달이 될 수 있다. 이익을 창출할 수 있는 시간은 줄어도 급여는 변함없이 지출되어야 하기 때문이다. 그러나 반갑다는 말도 부담스럽다는 말도 우리를 성찰하게 만든다. 짧은 시간에 정해진 월급을 고스란히 받는다는 기대로 한 달 내내 엔돌핀이 분비되면 그 기분 좋음은 또 다른 긍정적인 효과를 불러올 것이다. 또한 고용주는 며칠이라는 시간의 귀함과, 그 시간을 움직여 주는 직원들이 얼마나 소중한지 알게 되는 기회가 될 수도 있고 시간을 활용하는 나름의 노하우를 쌓는 기회도 될 것이다. 임영준 시인은 '이제 한 꺼풀 벗고 당당히 나서볼까' 하면서 2월을 혁명이라 노래했다. 그 혁명의 승패는 전적으로 2월을 거니는 자의 판단에 달려있다.

아직도 늦지 않았다. 혁명이 성공할 것인지 실패할 것인지는 아직 아무도 모른다. 대지는 금방이라도 새싹이 돋아날 듯 물기가 돌고, 온 산은 붉은빛 혈색이 돈다. 노인들은 창가로 모이고 공원을 거니는 젊은이들은 늘어났다. 누구에겐가 자꾸 봄소식을 알리는 편지를 쓰고 싶어지고 받지도 않은 연애편지를 받은 듯 가슴이 두근거린다. 사방에서 알 듯 모를 듯 풀냄새가 느껴지고 어떤 순간엔 꽃향기가 느껴진다. 한 번만이라도 굳게 닫혔던 마음을 열어본다면 2월이 혁명일 수밖에 없는 이유를 알게 되리라. 곧 봄이 올 것이다. 그러니 혁명을 꿈꾼다면 지금이 딱 적기다. 짧아서 긴장할 수밖에 없는 2월, 마음을 활짝 열기에 시간은 충분하다. 몸을 한껏 움츠리고 곧 튀어 오를 준비하고 있는 봄이 창가에서 당신을 기다리고 있다.

그 봄의 기다림은 어쩌면 당신이 모르는 기다림일 수도 있다. '꽃씨 속에 숨어있는 꽃을 보려면 고요히 눈이 녹기를 기다리'고 '꽃씨 속에 숨어있는 잎을 보려면 흙의 가슴이 따뜻해지기를 기다' 리라고 한 정호승 시인처럼 당신은 기다림에 대해 알아야 할 것이다. 꽃씨 속에 꽃도, 잎도, 열매도 숨어있다는 것을 안다면 그 어떤 기다림도 헛되지 않음을 알 것이다. 그래서 기다리는 시간은 즐겁고 설레는 일이 될 것이다. 2월이 품고 있는 것이 무엇인지 알 수 없으나 그것은 당신의 바람대로 형상화될 것이 분명하다.

안도현 시인은 봄이 올 때까지는 '보고 싶어도 꾹 참기로 한다. 저 얼음장 위에 던져 놓은 돌이 강 밑바닥에 닿을 때까지는' 이라고 노래했다. 2월은 시작이자 끝이며 기다림이자 만남이다. 당신이 꽁꽁 언 강 위에 무엇을 던져 놓았는지 생각해 보라. 그것이 강바닥에 닿아 당신에게 어떤 소리를 들려줄지 귀 기울여 보라. 미처 준비하지 못했다 하여도 아직 늦지 않았다. 2월은 기다리는 시간이기 때문이다. 당신이 움직일 때까지 2월은 당신을 기다려 줄 것이다. 그러나 너무 늦지 않게 당신은 2월 안으로 들어와야 한다. 곧 '찬란한 슬픔의 봄'이 올 것이므로.

10. 각주 달기

이것은 이미 오래전 일이다. 그러나 조금 전 각주를 바꿔달았으므로 불과 몇 분 전의 일이기도 하다.

내가 위암이라네, 그의 담담한 목소리가 메아리처럼 내 귓전에 떨어졌을 때 나는 학교 도서관 3층과 4층 사이의 계단에 앉아있었다. 흰 벽으로 둘러싸인 실내 계단이었는데 그 단단해 보이던 벽이 금방이라도 무너질 것처럼 흔들리는 것이었다. 나는 현실인지 꿈인지 알아보려고 자꾸만 허공을 두드렸다. 처음 걸음마를 배울 때처럼 반쯤 일어나다 주저앉기를 여러 번, 그 후로 어떻게 가방을 챙겨 집으로 돌아왔는지는 아무리 생각해도 떠오르지 않는다.

삶을 급변시키는 순간은 길거나 특별하지 않다. 늦은 점심을 먹는 순간일 수도 있고 양치를 하며 거울을 보는 한순간일 수도 있다. 도무지 변화라고는 생각할 수도 없는 순간에 누군가는 시한부 선고를 받고 누군가는 세상을 떠나는 것이다.

그는 중졸이었다. 그 학력이 아이들이나 그의 부인에게는 크나큰 콤플렉스로 작용했을지 모르나 내가 아는 한 그는 한 번도 당당하지 않은 적이 없었고 누구보다 지혜로웠으며 수준 높게 사람의 마음을 쓰다듬어 줄줄도 알았다.

어떤 예술 작품에 있어서 각주를 다는 일은 금기사항이고 사족이라는 의견도 있다. 각주 없이도 대상을 이해하고 오롯이 받아들일 수 있다면 더할 나위 없겠지만 각주 없이는 도무지 이해할 수 없는 작품도 더러 있다. 독자에게 알아 맞춰보라는 방식보다는 힌트 주는 방식을 나는 선호한다. 그러니까 길을 가르쳐주는 것이 아니라 방향을 가르쳐주는 정도로 말이다. 방향 정도는 가르쳐 주어야 작가가 보는 곳을 향해 독자도 몸을 돌릴 수가 있을 것이기 때문이다.

사람에게 있어서도 마찬가지다. 아무 설명 없이도 그 사람이 어떤 사람인지를 알 수 있다면 좋겠지만 예술 작품보다 더 읽어내기가 어려운 것이 사람의 속내다. 수많은 표정으로 가려진 사람의 속내를 어떻게 알아낼 것인가. 그렇기 때문에 사람들은 선입견으로 섣부른 실수를 하기도

140

하고 편견 때문에 갈등에 시달리기도 한다. 희한한 일은 이 사람은 좋은 사람이에요, 정말 좋은 사람이라구요, 라는 각주를 다는 순간 그 사람은 정말 좋은 사람이 된다는 것이다. 더욱이 가급적 구체적으로 설명해 준다면 누구든 아주 특별한 사람으로 만들어질 수도 있는 것이 각주다.

  이것은 그에 대한 각주다. '그는 이른 봄, 산에 오르면 꽃이 피지도 않은 진달래 가지 하나를 꺾어오곤 했다. 플라스틱병에다 그 가지를 꽂아 아랫목에 두었다. 며칠이 그렇게 흐르면 어느새 그 가지에서 꽃눈이 맺히고 다시 며칠이 지나면 꽃이 벙그는 것이었다. 해마다 그의 안방에서 첫 진달래를 보곤 했다. 더욱이 그는 그 첫 꽃을 아내에게 내밀며 선물이라고 말할 줄 아는 사람이었다.'

  나는 각주 달기를 좋아한다. 좋아하는 사람에 대해서 각주 달기를 서슴지 않는다. 그것이 그 사람을 추억하는 나의 방식이기 때문이다. 간혹 내 추억이 그것에 따라 달라지기도 하지만 무제보다는 오독이라 하더라도 각주가 낫다. 여기에는 덤으로 붙어오는 또 하나의 효과도 있다. 누군가에게 "이 사람 참 좋은 사람이랍니다."하고 말하는 순간 똑같은 각주가 스스로에게도 달린다는 것이다.

11. 가을 걷기

그 무덥던 여름이 꼬리를 감추기 시작했다. 아침저녁으로는 창문을 닫아야 할 정도로 기온이 낮아졌고 한낮의 태양도 여름의 뜨거움을 잃었다. 하늘은 높아졌고 대추나 사과 같은 것들이 붉스레한 빛을 띠기 시작했다. 여름이 끝나기도 전부터 피기 시작하던 코스모스가 제 빛깔을 완연히 찾아서 하늘거리는 풍경이 눈에 띄기도 하고 짙푸른 녹음으로만 일관할 것 같던 나뭇잎들도 안 웃는 듯 웃는 입처럼 붉은빛을 감추지 못하고 있다. 바야흐로 천고마비의 계절이 되었다. 시끄러운 세상의 일은 내 알 바 아니라는 듯 계절은 저의 순환을 지키고 제 역할을 충실히 수행하고 있다. 이럴 때 잠시 눈을 돌려 우리도 가을 속으로 한번 걸어 들어가 보면 어떨까.

가을을 속속들이 만끽할 수 있는 최고의 방법은 가을 속에서 걸어보는 일일 것이다. 걷다 보면 담장 밑에서 자라던 풀이 맺은 열매와 그 열매가 만들어 놓은 가을 길의 정취를 만끽할 수 있을 것이며, 그 무더운 여름을 말없이 건너온 가로수의 고단한 숨소리와 그들이 겪었던 여름의 소나기에 대해 들을 수 있을지도 모를 일이다. 다른 세계를 돌아온 바람이나 산새의 이야기를 피부로 느낄 수도 있을 것이며 지나가는 사람들이 남기는 싱그러운 웃음소리도 가슴에 담아올 수 있을 것이다.

　걷기는 두말이 필요 없는 최고의 운동이다. 걸으면서 생기는 온몸의 근육 강화 효과는 차치하고라도 깊게 쉬는 숨은 폐 기능을 강화시켜줄 것이며 가을 햇살을 받음으로써 많은 양의 비타민 D가 흡수되고, 이것은 결국 칼슘의 체내 합성을 도와 뼈를 튼튼하게 해줄 것이다. 쨍쨍한 가을 햇살이 주는 경쾌함은 엔돌핀 생성을 자극하므로 기분이 좋아지는 효과를 누리게 될 것이며 뇌 기능이 활성화되면 치매나 우울증을 예방할 수도 있을 것이다. 어쩌다 지나가는 사람과 따뜻한 눈인사라도 나눌라치면 우리의 뇌는 더욱더 왕성하게 살아나 하루 종일 콧노래를 부를 수도 있을 것이다. 이런 여러 가지 효과들은 결국 성인병 예방이나 치료에도 도움이 되어 건강한 나날을 누리게 될 것은 당연하다.

　검색창에 운동의 방법이나 효과를 넣고 터치만 하면 걷기에 대한 이야기는 줄줄 쏟아져 나온다. 그런데 이것은 시작을 하느냐 하지 않느냐에 그 결과가 전적으로 달려있다. 오늘 아침의 가을을 놓친다면 다시는 그 아침을 찾을 수 없을 것이며 오늘의 가을 들판을 놓친다면 평생 다시는 그날의 가을을 되찾지 못할 것이다. 그러므로 앞치마를 벗고 운동화를 신고 현관을 나서는 것만으로도, 텔레비전의 전원 스위치를 끄고 커튼을 열고 함께 걸을 친구와 만날 약속을 하는 것만으로도 우리는 하루를 충분히 성공할 수 있다.

우리에게 사계절이 있다는 사실은 누구나 알지만 그게 얼마나 큰 축복인지는 잊기 일쑤다. 이제 그 사계절 중의 여왕이라 불리는 가을이 시작되었다. 지난 어느 가을, 내 기억에 남은 몇 가지 중 하나는 어둑해지는 보경사 경내로 울려 퍼지던 타종 소리와 그 소리를 들으며 같이 걸었던 사람의 발소리, 유난히도 가까이 내려왔던 가을 산의 실루엣, 떨어졌다 가까워질 때마다 간간이 부딪치던 옷깃의 바스락거림, 그런 것들이다. 내연산을 숨 가쁘게 한 바퀴 돌아 내려온 뒤였으므로 그 뒤에 오는 평온이 더더욱 고즈넉하게 느껴졌을 것이다. 다시 온 가을, 내년엔 이번 가을을 어떻게 추억할 수 있을지 모를 일이나 나는 일단 어디로든 걷기로부터 시작해볼까 한다.

12. 가을빛

　창으로 들어오는 빛의 파장이 베란다를 넘어 거실에 닿기 시작했다. 여름빛은 서서 들어오는 듯하고 가을빛은 앉아서, 겨울빛은 누워서 들어오는 듯하다. 가을 한가운데의 빛이 책상 아래까지 들어와 발등을 따뜻하게 감싸 쥐고 있다. 바야흐로 은행잎은 황금색이 되었고 코스모스는 한들한들 만개했다. 바다는 한층 푸르고 들판은 보다 깊은 눈을 가지게 되었다. 가을의 선물이다.

　카뮈의 첫 번째 소설 '이방인'에서 주인공 뫼르소는 아랍인을 살해한 동기를 빛 때문이라고 묘사한다. 어머니의 장례식과 지속되는 피로감이 그에게 착시현상을 일으켰을 수도 있지만 한여름의 빛은 그의 동공이 현실을 바로 볼 수 있는 기능을 마비시켜버린 셈이다.

인체는 생체시계에 따라 낮과 밤의 24시간 주기에 맞춰 움직인다. 낮에는 활동하고 어두운 밤에는 잠자는 리듬으로 건강을 유지할 수 있으며 밤의 지나친 조명과 불빛은 생체리듬이 균형을 잃는 중요한 원인이 될 수 있다.

우리의 생체리듬에 관여하는 호르몬인 멜라토닌은 밤과 같이 어두운 환경에서 만들어지고 빛에 노출되면 합성이 중단된다. 빛 공해라 할 수 있는 인공조명에서 나오는 빛의 파장 중 짧은 청색광이 각성을 일으키는데, 늦은 시간까지 텔레비전을 본다든가 스마트 폰이나 컴퓨터 모니터를 사용하면 여기에서 강한 청색광이 방출되고 이러한 강한 청색광에 노출되면 멜라토닌 분비가 억제될 수밖에 없다고 한다.

야간수면 시에는 약한 조명 아래에서도 수면의 질이 떨어지고 깊은 잠에 들지 못해 다음 날 활동에 지장이 초래되기도 한다. 이것은 비만과 소화 장애, 심혈관질환 등에도 영향을 미칠 수 있고 성장호르몬 등의 분비와도 관계가 있다. 수면의 질이 떨어지거나 수면이 부족하면 이러한 호르몬의 분비가 줄어들고 입시 등으로 수면 시간이 짧은 청소년기에는 성장이 저하될 수밖에 없다. 성장호르몬이 왕성하게 분비되는 오후 11시와 새벽 2시 사이에는 숙면을 취하는 것이 좋으며, 수면 시에는 암막 커튼이나 블라인드 등으로 외부조명을 완벽하게 차단하는 것이 좋다. 원치 않는 빛에 노출되었을 때에는 스트레스가 가중되어 건강에 여러 가지 문제를 일으킬 수 있기 때문이다. 건강을 지키기 위해서 휴식을 취할 때는 온화한 계열의 빛을 사용하는 것이 도움이 된다고 한다.

한편 비타민 D는 햇빛을 통해 얻게 되는데 보통 얼굴, 손, 발 등의 부위를 일주일에 2~3회씩 화상을 입을 정도의 강도로 노출하여야 한다. 즉 1시간 이내에 피부에 화상을 입는 사람이라면 15분간 햇빛을 쬐면 되는 것이다. 비타민 D는 암의 위험도 줄여주는데 비타민 D 함유 식품에는 등푸른생선, 동물의 간, 달걀노른자, 버섯 등이 있다. 비타민 D는 지용성 비타민이므로 지방이나 기름과 함께 섭취하면 체내 흡수율을 높일 수 있다.

뇌르소는 어머니의 죽음과 관련하여 혼란 속에서 밤낮을 보내고 있었다. 그러므로 한낮의 강렬한 햇빛이 스트레스를 자극하는 역효과를 초래했을지도 모른다. 의학적 근거로 보자면 그는 그 순간 비티민 D의 합성이 원활해져서 오히려 스트레스가 해소되어야 하는 상황이었다. 그렇지만 계속된 수면의 질 저하로 낮의 활동이 무너져버린 것이다.

손바닥을 내밀면 그만큼의 빛이 쌓이고 두 팔을 내밀면 또한 그만큼의 빛이 당신에게 쌓일 것이다. 그렇다면 한창인 가을 들판에 나가 한 번쯤 온몸에 가을빛을 쌓아보는 건 어떨까. 물론 지난밤 밤새도록 청색광과 싸우지 않았다면 말이다. 혹시라도 그랬다면 알 수 없는 일이다. 지나가는 비둘기를 향해 자기도 모르게 돌멩이를 던지게 될지…….

가을이다, 부디 아프지 말기를…….

13. 고립예찬

　자의든 타의든 고립될 때가 있다. 외딴 섬처럼 깜깜한 망망대해에 둥둥 떠 있어야 할 때가 있다. 칠흑 같은 어둠 속에서 길을 찾느라 발을 헛디디기도 하고 누구 없느냐고 소리를 지르기도 하지만 아무도 손잡아주지 않는 공간에 홀로 서 있어야 할 때가 있다. 그야말로 나 이외에 아무도 없는 것이다. 그래서 나는 때때로 고립의 순간을 애용한다.

　고립이라는 말은 대체로 부정적인 의미를 가지고 있다. 그래서 사람들은 고립이라는 말보다는 은둔이라는 말을 쓰기도 한다. 고립이든 은둔이든 그 의미의 그릇에 빠질 필요는 없다. 의미는 자신이 선택하면 되는 것이다. 나는 굳이 고립이라는 말을 고집한다. 언젠가 내가 나를 고립시켰을 때 마주할 수 있었던 '나'를 만난 이후부터다. 그때 나는 모든 감각을 잃은 사람처럼 아무 냄새도 맡을 수 없었고 아무소리도 들을 수 없었다. 아무리 두드려도 열리지 않는 문 앞에서 울부짖다 '나'를 만났다. 그날 만난 내가 나에게 말했다. 피할 수 없으면 즐기라고.

그 후로 나는 간혹 일부러 나를 고립의 공간에 가둘 때가 있다. 불을 끄듯 바깥으로 향해 있던 안테나를 모두 접고 그야말로 원시의 무인도에 갇힌 것처럼 나를 가두어 둘 때가 있다. 그럴 때 처음 오는 느낌은 외로움이지만 어느 순간 그 외로움이 나를 오롯이 나만 들여다볼 수 있게 하는 길이라는 걸 깨닫게 된다. 그때부터 내 외로움은 즐거움이 되는 것이다. 마라토너들은 달리다 보면 숨이 멎을 듯한 순간이 오고 그 데드라인을 지나서 계속 달리다 보면 오히려 평온함이 온다고 한다. 그렇듯이 외로움의 극지까지 내려가다 보면 어느 순간 외로움이 즐거움으로 바뀌는 느낌이 올 때가 있다. 외로움의 시간을 어떻게 보내느냐에 따라 그 전환은 빨리 올 수도 있고 늦게 올 수도 있다. 내가 간혹 선택하는 촉매제는 여행이다.

하루쯤은 전화기를 끄고 텔레비전이나 라디오도 끄고 오롯이 내 안에서만 들려오는 소리에 귀 기울이기로 한다. 그리고 여행을 시작한다. 현관에서 거실까지의 여행, 거실에서 안방까지의 여행, 싱크대 첫째 칸에서 둘째 칸으로의 여행, 손등에서 발등으로의 여행, 추억에서 추억으로의 머나먼 여행⋯⋯. 그 긴 여정은 나를 완전한 고립의 방으로 초대하곤 한다.

내 안으로의 여행은 바깥과의 차단이 철저할수록 더 즐거워질 수 있다. 내 안의 나와 바깥의 나 사이에 암막 커튼을 내리고 내 안으로 들어와야 한다. 빛이 쉽게 차단되지 않을 때 나는 호흡명상을 이용한다. 횡경막이 오르락내리락하는 내 숨소리에만 몰입하다 보면 어느새 나는 내 안으로 들어와 있곤 한다. 그때부터는 바깥의 나는 차단된다. 이제 내 마음 안으로 자연스럽게 따라가기만 하면 된다. 그렇다고 미리 목적지를 정해두는 것은 아니다. 단지 내가 아는 것은 내 안으로 향하는 길이 거기 있음을 아는 것뿐이다. 그러므로 나는 나를 어찌하겠다는 목적을 가지고 핸들을 돌리는 것은 아니다. 단지 길을 따라 방향을 잡고 가다 보면 나도 모르는 '내'가 거기에서 나를 기다리고 있는 것이다. 그때부터 나에게 '나'를 듣는 시간이 시작된다.

코로나가 만연하면서 고립은 일상처럼 우리에게 왔고 누구나 저마다의 방법으로 고립을 견디거나 즐길 것이다. 다만 고립이라는 글자에 스스로 매몰되지는 않기를 바란다. 고립이라는 말은 단지 언어일 뿐, 자신이 원하는 대로 방향을 맞추고 그 의미의 길로 향하면 되는 것이다. 우리는 언제나 엄청난 정보 속에 있고 할 일은 너무나 많다. 억지로 자신을 끌어내어 고립시켜보지 않는다면 나도 모르는 '내'가 있음을 결코 알지 못할 것이다. 고립은 후퇴나 좌절의 시간이 아니다. 또 다른 미지의 세계로 자신을 보내기 위한 시간이다. 그 미지의 세계에서 만날 자신을 떠올려본다면 고립의 시간을 즐길 수 있으리라. 오늘 나는 더욱더 고독하게 나를 분리한다. 이런 날, 저 멀리로 등불을 내 건 시(詩)가 비를 맞으며 서 있다는 걸 알기 때문이다.

가을 들판은 아름답고 추억도 매년 피었다 지곤 한다. 추억이 많은 사람은 행복하다고들 한다. 그것은 언제라도 지난 그 순간처럼 마음을 따뜻하게 해주기 때문인지도 모른다.'

사랑은 죽지 않았다

1. 꽃들에게 희망을

얼마 전 간호사 국가고시가 치러졌다. 4년 동안의 긴 학업이 결실을 맺는 자리였다. 간호대학생들은 자칭 자신들의 교육과정을 일컬어 고등학교 4학년, 5학년 등으로 지칭하곤 한다. 학업의 강도가 고3 입시생들과 다를 바 없이 높고 캠퍼스의 낭만이니 하는 호사를 누릴 틈이 거의 없기 때문이다. 그럼에도 이들이 학업을 포기하는 경우는 거의 없다. 아무래도 자신들의 선택이 얼마나 값진 것인지, 힘들게 노력한 결과로 얻을 열매의 맛이 얼마나 달콤한 것이지 그 맛을 짐작하는 까닭이리라.

간호대 학생은 4년의 교과과정을 통해 사람이 요구하는 모든 것에 대응할 수 있는 방법을 배운다. 그러므로 이들의 공부는 지식적인 부분에만 한정된 것이 아니라 감성적이거나 창의적인 부분에까지 이른다. 인체의 전반적인 문제를 분야별로 자세히 공부해야 하는 것은 물론이고 인문학이나 다른 교양부분에 관해서도 일정의 학점을 이수하여야 졸업을 할수 있다. 간호사는 그 어떤 문제를 가진 환자라도 통찰력 있는 관찰을 통해 그 증상을 진단해내고 문제를 해결할 수 있어야 한다. 그러므로 예비간호사인 대학생들은 인체의 전반적인 기전을 알고 그 기전에 문제가 생겼을 경우 나타나는 증상에 대해 꿰뚫고 있어야 하며 그것을 기반으로 환자를 돌볼 수 있도록 준비를 해야 한다. 대학 4년의 과정을 거치면서이들은 자신도 모르는 사이에 그 저력을 습득하게 된다. 국가고시는 그렇게 4년을 충실하게 버텨낸 학생들이 그 열매를 보는 자리이다.

간호사는 3D직종에 속하면서도 인기가 높은 직업이다. 취업률은 1위이고 보수 또한 상위권이다. 그렇지만 이들을 단순히 직장인으로만 보아서는 안 된다. 일반적인 직장인과는 분명 다른 것이 이들에게는 있다. 바로 남다른 사명감이다. 그래서 간호학을 공부하고 임상에 종사하는 간호사들은 민들레처럼 보인다. 어디서든 어여쁜 꽃, 환경을 탓하지 않고 피어날 수 있는 꽃, 오래 스러지지 않는 꽃, 홀씨가 낯선 세상 마다 않고 날아가듯 어디서든 자신의 뿌리를 내릴 줄 아는 꽃, 그래서 어떤 일이든 감당해 낼 수 있는 꽃….

몇 해 전 미국의 존스 홉킨스 대학에 학회를 갔을 때 들은 이야기다. 성공한 한 젊은 CEO가 있었다. 그는 자신이 지금까지 하고자 했던 것을 모두 이루었으며 이제 남은 바람은 단 한 가지, 간호사와 결혼을 하는 것이라고 했다. 다른 의료인에 비해 간호사가 할 수 있는 돌봄의 영역은 비할 바 없이 깊고 넓다. 그 돌봄의 가치나 소중함에 대해 젊은 CEO는 꿰뚫고 있었던 것이다. 그러니까 간호사 한 사람이 옆에 있는 것만으로도 자신은 안전하고 행복한 삶을 보장받는 것과 다를 바 없다는 것을 알았던 것이다.

어떤 시험이든 그것이 주는 압박감은 이루 말할 수 없다. 하물며 4년 동안 준비한 학생들에게 국가고시라는 관문은 경험해보지 않은 사람은 상상조차 할 수 없을 만큼 긴장되고 떨리는 일이었으리라. 트리나 포올러스의 '꽃들에게 희망을'은 두 애벌레가 나비가 되어가는 과정을 통해 우리 삶을 돌아보게 하는 이야기다. 한 애벌레가 묻는다. "어떻게 해야 나비가 되는 건가요?" 그러자 다른 애벌레가 대답한다. "애벌레이기를 포기할 만큼 날기를 원하는 마음이 간절해야 해. 그것은 마치 겉으로는 죽는 것 같지만 참모습은 여전히 살아남는 거란다. 삶이 네 앞에서 사라져버리는 게 아니라, 변하는 것이지."

국가고시를 치르고 곧 간호사가 될 학생들은 거기에 무엇이 있는지도 모르면서 무작정 꼭대기로 향하던 애벌레들과는 다른 삶을 찾은 것이나 다름없다. 지금까지 숨겼던 날개 속에 켜켜이 저장했던 사랑을 마음껏 펼칠 수 있는 날이 왔다. 다만 앞으로 날아갈 길에 눈보라나 비바람이 닥쳐올지도 모른다. 그러나 나비가 되어 본 사람은 아는 것이다. 얼마나 간절한 마음으로 그곳에 다다른 것인지…. 드디어 그곳에 다다랐다. 그러므로 이제 참모습의 나비로 와, 정말 아름다운 나비군, 하는 찬사를 듣는 멋진 간호사가 되기를 바란다, 어디에서든.

2. 자연은 바뀔 생각이 없으므로

아침저녁으로 완연한 가을 날씨다. 하늘은 높아졌고 들판은 어느새 초록을 벗고 결실의 색으로 변해가고 있다. 오랜만에 만나는 사람과 자연스레 가을이 왔다는 말로 인사를 나누게 되었고 창밖으로 손을 내밀어 만지고 싶을 만큼 햇살이 시원해졌다. 혹시나 하고 미루어뒀던 여름옷을 이제 정리해도 될 것 같다. 이렇듯 자연은 참 오묘하다. 제가 와야 할 때를 알고 시간에 맞춰 어김없이 온다. 어김없이…….

최근 태풍이 우리 지방에 큰 피해를 주고 갔다. 공단지역은 쓰러진 담장을 세우지 못했고 무너져 내린 집도 아직 그대로다. 강바닥은 떠내려온 흙들로 높아졌고 물을 막고 있었던 둑들은 형체를 잃은 곳이 한두 군데가 아니다. 아직도 검은 흙물을 퍼내야 하는 집이 있고 그 검은 흙보다 더 검게 멍든 마음을 버리지도 못하는 사람들이 있다. 오묘한 자연이 우리에게 남기고 간 아픈 흔적들이다.

그런데 들판은 아랑곳없이 가을로 접어들고 있다. 언제 그렇게 사납게 몰아친 적이 있었느냐는 듯 오히려 더 맑고 밝게 빛나고 있다. 지난밤 이유도 없이 잔뜩 화를 내다가 아침이 되면서 누그러진 아버지 같은 모습이다. 그래서 생각해 보게 된다. 자연이라는 아버지에 대해.

아버지는 속내를 잘 드러내지 않는 분이셨다. 평소에는 말씀도 별로 없었고 자식들에게 이런저런 다정한 말을 건네지도 않는 분이셨다. 엄마에게도 드러나게 애정 표현하는 것을 본 적이 없었다. 우리 가족은 대부분 파도 없는 수면 같은 일상을 보내곤 했다. 그런데 어떤 날 아버지는 이유 없는 과음을 하곤 하셨다. 그날은 대문 입구에서부터 창부타령을 불렀고 대문을 꽝 소리 나게 닫고는 대청마루 문을 부서질 듯 세게 열었다. 그런 날 우리는 무조건 잠든 척해야 했다. 그러면 엄마는 조용히 하라는 말을 하면서 안방으로 아버지를 모시고 들어갔고 그때부터 아버지의 넋두리는 시작되었다. 목소리가 높아졌다가 낮아졌다가, 가끔은 술상을 차리러 부엌으로 가는 엄마의 발소리도 들렸다. 그렇게 새벽녘이 되어서야 아버지는 지친 듯 잠드셨고 엄마는 그 뒤를 정리하고 더 늦게 잠자리에 드셨다. 우리는 개입하지 않아야 아버지가 빨리 잠드신다는 걸 알았으므로 아무도 방 밖으로 나가지 않았다. 그렇게 폭풍 같은 밤이 지나고 난 아침이면, 엄마는 얼굴이 드러나게 수척해졌고 새벽 들녘을 돌아오신 아버지는 평소의 몇 배나 되는 헛기침 소리를 내면서 밥상 앞에 앉곤 했다.

수해로 멍든 마을 옆 들판은 잔잔한 가을바람으로 일렁이고 있었다.

흙탕물이 다녀간 흔적이 있는 골목에도 들판과 같은 햇살이 내리쬐고 있었다. 강물이 불어나 골목으로 밀려오고 급기야 집을 덮쳤을 때 그들이 느꼈을 공포를 햇살은 어루만져주기라도 하려는 듯 구석구석으로 들어와 있었다. 나는 그 골목에서 아버지의 헛기침 소리가 자꾸 들리는 것 같았다.

앞으로도 우리나라를 거치는 태풍은 남아있다고 한다. 그것이 얼마나 비틀거리며 우리에게 올지 아직은 모를 일이다. 그렇지만 그것이 우리에게 온다는 사실을 알고 있으니 숨소리를 죽이고 이불을 뒤집어쓰든, 이불을 박차고 나가 왜 이리 사납게 소리치느냐고, 제발 조용히 좀 하라고 맞받아치든, 우리는 어떤 방법이든 선택해야 한다. 그리고 그 방법은 다음 날 아침 누구도 상처받지 않는 대응이어야 한다. 수척해진 엄마가 몇 날이나 앓아눕는다면 그것은 바른 대응이 아닐 것이다.

높아진 강바닥을 파내는 공사가 한창이었고 골목마다 자루에 담긴 쓰레기들이 자연, 당신 좀 보세요, 이게 당신이 우리에게 한 짓이에요, 하듯 늘어서 있었다. 아버지는 큰오빠에게 과음하지 않겠다는 약속을 수도 없이 했지만 지키지 못하셨다. 그래서 대안은 우리가 바뀌기로 한 것이었다. 아버지의 과음 패턴을 관찰하고 발소리의 형태를 파악하고 어떻게 대응해야 엄마가 빨리 쉴 수 있을지…….

결국 우리가 바뀌어야 한다. 아버지가 평생 그러셨듯 자연은 자신을 바꿀 생각이 없다. 가장 적절한 대응 방법을 빨리 찾아낼수록 우리는 편안한 나날을 오래오래 보낼 수 있게 될 것이다.

3. 편리함이라는 혁명

 바야흐로 4차 산업혁명의 시대다. 컴퓨터, 인터넷의 등장으로 정보의 혁명이 이루어졌던 3차 산업혁명을 지나 초연결(hyperconnectivity)과 초지능(superintelligence)의 시대가 왔다. 이 엄청난 변화에 사람들은 아무런 대처도 없이 젖어 들고 있다. 적어도 3차 산업혁명까지는 사람이 중요한 역할을 차지했다. 인간의 판단력이 중심에 있었기 때문이다. 그런데 인공지능이 등장함으로써 더 이상 사람의 이성과 판단이 필요치 않은 시대가 되어버렸다. 인공지능은 사람과 유사한 사고를 하고, 사람보다 논리적이고 이성적인 판단을 한다. 수술 로봇이 등장하여 보다 완벽한 수술을 하게 되었고 심지어 사람과 같은 체온을 지닌 로봇이 개발되어 환자들의 아픈 곳을 어루만져주는 역할까지 하게 되었다. 비단 의료계만이 아니라 우리 일상에서도 많은 변화가 일어날 것이라는 예상이다. 대표적인 예가 자율 주행 자동차의 등장이다. 운전은 누구에게나 힘든 일이고 불편한 일이었지만 자율 주행 자동차는 사람들의 그런 불편함을 덜어줄 것이다. 이제 사람들은 자신과 가족의 안녕을 한 치 의심 없이 인공지능에 맡긴 채 살아가게 될 것이다. 이것은 머지않아 상용화될 것이라고 한다.

편리함은 사람의 생활을 윤택하게 하고 시간의 쓰임을 효율적으로 분배하게 한다. 그러나 이 편리함은 사람이 가진 많은 기능을 상실하게도 한다. 지난 어버이날 선물로 딸이 로봇청소기를 보내왔다. 전에는 청소기를 끌고 방 구석구석을 걸어 다녔으며 엎드려 바닥을 닦거나 긴 밀대로 바닥을 닦았다. 그 시간은 간단한 운동 효과는 물론이고 많은 생각을 정리하기에도 좋은 시간이었다. 엎드려 바닥을 닦는 행위는 특히 여성의 골반 근육을 튼튼하게 하는 데 도움이 되며 쇠약해져 가는 팔의 근육을 단단하게 하는 효과도 있다. 그런데 로봇청소기가 생기면서 그 일을 하지 않게 되었다. 편리함은 가사노동에 대한 시간을 절약하게 해 주었지만 그때 사용되었던 몇몇 근육들은 별다른 감각 없이, 우리가 의식하지 못하는 사이 퇴화되고 마는 것이다.

4차 산업혁명의 시대, 결국 이런 편리함으로 사람들은 사람의 자리를 잃게 될지도 모른다. 사람들이 있던 자리를 기계가 대신하고 기계에 자리를 내어준 사람들은 설 자리를 찾지 못해 방황하는 사태가 시작되고 있다. 사람은 사람보다 기계를 믿게 되었고 기계의 치밀한 능력을 사려고 비싼 대가를 치르게 되었다. 그러다 보니 자리를 잃은 사람들은 방황하고 있고 삶의 격차는 눈에 띄게 심각해지고 있다. 사람의 편의를 위해 만든 기계들, 그 기계에 자리를 뺏긴 사람들이 오히려 그들의 노예가 되는 상황이 되었다. 컴퓨터가 사람을 적으로 인식하고 공격하는 공상과학영화는 지금까지 미래를 보여주는 영화들이 그러했듯 곧 우리의 현실이 되고 말지도 모른다.

편리함은 목표가 아니라 수단이다. 목표로 하는 삶으로 가기 위해 사용하는 수단이다. 그런데 어쩌다 보니 그것이 사람을 무능하게 만들고 사람의 자리를 차지하려고 하고 있다. 이즈음 우리는 말에게 채찍을 휘두를 것만이 아니라 고삐를 늦추고 말이 어디로 가고 있는지, 우리를 잘 데리고 가고 있는지, 그 길이 우리가 가고자 하는 곳이 맞는지 점검해보아야 한다. 우리가 눈을 감은 채 말에게 알아서 하라고만 한다면 어떤 결과가 빚어질지 굳이 말하지 않아도 짐작될 것이다. 산업혁명은 사람을 위해 사람들이 일궈낸 과학적 성취다. 그런데 4차 산업혁명은 어쩌면 사람들에게는 위기일지도 모른다. 잊지 말아야 할 것은 고삐는 아직 우리 손에 있다는 점이다. 눈을 뜨고 현재 내 손에 잡힌 고삐를 잡고 속도를 어떻게 할 것인지, 방향을 어디로 정할 것인지 내가 조종해야 한다. 어떤 편리함은 정말 필요악일 수 있다.

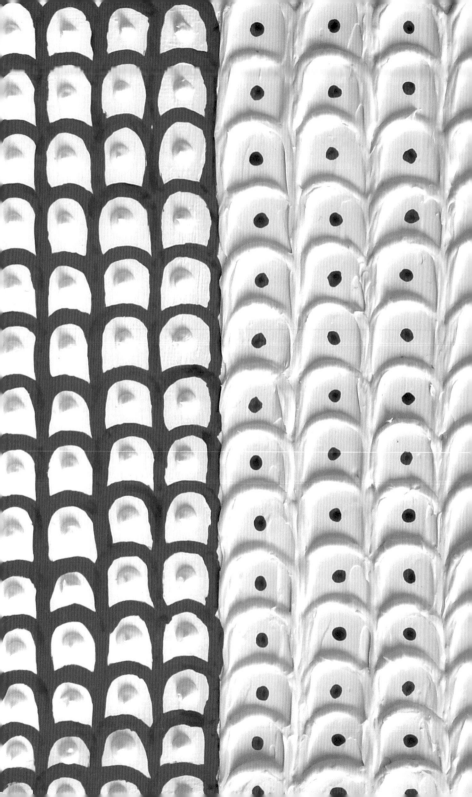

4. '아이 엠 로스트'

　　영화 '싱글라이더'는 증권회사 지점장으로 승승장구하던 주인공이 회사가 부도를 맞으면서 연쇄적으로 잃게 되는 삶에 대한 이야기다. 주인공은 그야말로 잘나가고 있을 때 아내와 아들을 호주로 어학연수 보낸다. 몇 년이 지나고 그들이 돌아올 무렵 회사가 위기를 맞게 되고 주인공의 삶도 나락으로 떨어지게 된다. 엎친 데 덮친 격으로, 아내와 아들을 찾아 호주로 갔지만 아내는 옆집에 사는 남자와 가족처럼 지내고 있다. 아내에게 자신이 왔노라는 사실을 알리지도 못하고 주위를 배회하게 되는 주인공, 남편의 전략을 알지 못하는 아내는 평소와 다름없는 생활을 하고 있다. 더욱이 평소 소극적이던 그녀가 자신의 삶을 개척하려는 강한 의지까지 보여주고 있어서 주인공은 더더욱 침울해진다. 그녀의 변화가 무엇을 목표로 두고 있는지 주인공은 몰랐기 때문이다.

그러나 아내를 찾아 비행기를 타는 순간부터 주인공은 이미 이승의 사람이 아니었다는 것을 영화의 종반부에 접어드는 즈음 관람자는 알게 된다. 또한 주인공도 그즈음 자신이 스스로 목숨을 끊었다는 것을 자각하게 된다. 그리고 아내가 자신을 저버리지 않았다는 것도 알게 된다. 아직 자신이 죽은 사람이라는 것을 모르던 때, 주인공은 아내에 대한 실망감으로 거리를 배회하다 길을 잃게 된다. 그러다 한 노인을 만나서 길을 묻는다. "아이 엠 로스트" 그런데 이 '로스트' 라는 말에 이르러서야 드디어 이 영화가 말하고자 하는 것이 무엇인지 알게 된다. 잃음으로써 잃게 되는 것과 잃음으로써 얻게 되는 것 사이, 우리의 삶은 그곳에 위태롭게 걸려 있는 것임을 알게 된다.

이제 그는 아들이 언젠가 동영상으로 보여주었던 한 섬의 해변을 찾아 떠난다. 그가 가는 길은 길의 끝이라는 표지판이 있는 곳이고 사람의 기척이라고는 없는 곳이다. 그렇게 그는 살아서 이루지 못한 꿈을 뒤늦게나마 이루려고 그곳으로 간다.

증권회사가 문을 닫으면서 주인공은 현실에서의 삶을 잃었다. 그리고 자신이 스스로를 잃음으로 인해 가족 또한 잃었다. 이 영화에서의 잃음은 주인공을 끊임없이 나락으로 떨어뜨리고 있다. 그러나 결국 그 끊임없는 잃음을 통해 주인공은 삶을 온전히 내려놓을 줄 알게 되었다. 그 결과 자신이 가고자 하는 이상향으로 떠날 수 있게 된 것이다. 그러므로 결국 주인공은 잃은 것이 아니라 얻었다고 보는 것이 맞을 수도 있다. 주인공이 찾아간 곳은 아내와 아들의 웃음소리가 끊이지 않는 곳이었으며 죽음 속에서 죽지 않은 그가 살고자 꿈꾸던 곳이었기 때문이다.

우리는 잃는다는 말을 두려워한다. 잃지 않으려고 밤을 새우고 잃지 않으려고 누군가를 미워하고 때로는 사랑하기도 한다. 그러나 그런 행위들은 오히려 그것을 온전히 잃게 할지도 모른다. 비워야 채워진다는 말과 잃어야 얻어진다는 말은 같은 맥락을 가졌다. 무언가가 우리 손에서 벗어나려고 한다면 그것은 그만한 이유가 있다. 경험해 본 사람은 알 것이다. 잃지 않으려고 안간힘 쓰는 일이 얼마나 우리의 삶을 버겁게 만드는 것인지. 여름이 되어 지난 봄을 놓지 않으려고 안간힘 쓰는 일이 얼마나 부질없는 일인지.

보낼 것은 보내고 잃을 것은 잃어버리자. 빈손이라야 누군가와 악수할 수 있고 빈 들판이라야 꽃이 오고 열매가 온다. 주인공이 가족에 대한 집착을 내려놓았을 때 추억의 자리가 찾아오고 가족이 온전히 자신의 영혼 속으로 스미었다. 그러니까 다른 무엇인가를 원한다면 지금 내 손에 가득한 것을 잃어버리는 일부터 하기로 하자.

5. 우월함에 대하여

선생님은 남성 우월주의자 같아요. 한 수강생이 나에게 던진 말이다. 그럴 리가요, 불쑥 튀어나올 뻔했지만 대답을 미루고 잠시 생각했다.

그날은 김소월의 진달래꽃을 두고 토론을 벌이는 날이었다. '말없이 고이 보내드리오리다' 라는 부분을 지나면서 떠나는 사람을 말없이 고이 보내드릴 수 있다면 화자는 아직 그 사람을 사랑하는 것일지도 모른다. 그러니까 이별을 맞은 시 속의 화자는 아직 대상을 사랑하고 있고 그것은 사랑이 끝나지 않은 상대방을 배려하는 아름다운 자세일지도 모른다고 해석했다. 그 말은 가장 가까이에 있는 사람에 대한 배려가 최우선이라는 말로 옮겨졌고 결국은 배우자로 연결되었던 것 같다.

수강생 대부분이 여성이고 연령대가 비슷한 분들로 구성된 수업이어서 어떤 현상에 대해 토론을 벌이면 공감을 하고 동조를 하는 일이 대부분이었다. 그런데 아무래도 그날은 내 의도가 조금 어긋났거나 내 표현이 적절하지 못했는지도 모르겠다. 적잖이 당황한 내가 찾아본 내 변명은 무의식의 한 부분을 들춰보는 일이었다.

기억을 좀 거슬러 올라가자면 나의 어머니는 아버지를 위해 참 많은 헌신을 한 분이셨다. 약주를 좋아하셨던 아버지가 고래고래 소리를 지르고 난 다음 날에도 따뜻한 밥상은 변함없었으며 특별한 음식은 어김없이 아버지의 것이었다. 아버지 것이니 함부로 손대지 말아라, 하는 이야기를 수도 없이 들으면서 어린 시절을 보냈다.

그런데 참 희한한 일이기는 하다. 어린 시절 어머니의 그 무조건적인 아버지 모시기에 많은 분노를 느끼기도 했는데 결혼을 하면서 그런 사고가 자연스럽게 내 생활 속으로 쑤욱 들어와 있음을 발견하게 되곤 하는 것이었다. 그렇다고 아들딸을 차별한다든가, 남녀학생을 차별한다든가 하는 일은 내 기억으로는 없었던 것 같다. 그런데 그 날 내 무의식에 있던 생각이 수업시간에 슬며시 튀어나왔던가 보다.

그런데 나는 정말 남성만 존중받아야 한다고 생각하는 것은 아니다. 사람은 누구나 존중받을 권리가 있다. 그날 나의 의견은 누군가를 존중하고 배려해야 한다면 바로 내 옆 사람이 가장 우선 되어야 한다는 것이었다. 큰 것도 작은 것에서부터 시작되는 법이다. 내 옆을 잘 지키는 사람이라면 그 어떤 것도 사랑으로 보듬을 수 있을 것이기 때문이다.

한 독실한 기독교 신자가 있었다. 그는 진정으로 하느님의 얼굴이 보고 싶었다. 그래서 기도를 올렸다. 밤새도록 하느님 한 번만 당신의 얼굴을 볼 수 있게 해 주세요, 간절한 기도를 올렸다. 그리고 그 다음 날 아침, 마침내 그는 하느님의 얼굴을 볼 수 있게 되었다. 바로 그의 옆에 누워있는 아내의 얼굴이 그토록 간절히 원했던 분의 얼굴이라는 것을 알게 된 것이었다.

다시 말하지만 나는 남성우월주의자는 아니다. 하지만 가장 가까이 있는, 바로 옆에 있는 사람에게 최선을 다할 수 있어야 한다는 생각에는 변함이 없다.

우리는 언제나 불가능한 것을 동경하고 닿을 수 없는 곳으로 손을 뻗으려 한다. 그 머나먼 희망을 가지고 평생 가슴을 졸이며 사는 것이다. 그러니 당신이여, 이제 그만 자신에게로 돌아오기로 하자. 잠시만 고개를 옆으로 돌려보기로 하자. 바로 거기에 당신이 그토록 갈구했던 것이 있을 것이기 때문이다. 당신이 옆 사람을 우월하게 대접한다면 당신 또한 그런 대접을 받을 것은 명백하다.

6. 어버이 은혜

어버이는 아비와 어미가 합쳐진 말이라고 한다. 예전에는 어머니 날로 지칭했으나 어느 때부턴가 어버이날로 그 명칭이 바뀌었다. 그날을 지칭하는 이름이 뭐 그리 중요하겠냐만 그래도 그렇게 이름이 바뀌고 나니 뭔가 균형이 맞아지는 듯한 느낌이 든 건 사실이다. 일 년 중 하루 그런 날이 있다는 건 참 다행한 일이다. 언제나 감사의 표시를 잊지 않는 사람들이야 무슨 특별한 의미가 있느냐고 하겠지만 우리가 일상에서 잊어버리거나 무심하게 지나치는 일들이 얼마나 많은가. 그런데 어버이날이라는 이름으로 하루를 규정지어 놓았으니 얼마나 다행한 일인가. 우리는 잠시도 멈추지 않고 숨을 쉬면서도 공기에 대해 생각하거나 고마움의 의미를 부여하는 일은 거의 하지 않는다. 많은 사람들은 가까이 있을수록 깊이 영향을 미칠수록 무심해지는 습성을 가졌다.

예전에는 어버이날이면 학교에서나 마을에서 부모님을 중심으로 하는 체육대회를 열곤 했다. 카네이션을 단 학부모들이 운동장에서 아이들과 달리기를 하고 춤을 추고 윷놀이를 하고 하루종일 정말 한바탕 신나게 같이 노는 날이 어버이날이었다. 효심이 지극한 아이에게는 효행상을 주기도 하고 부모님들에게도 이런저런 구실을 만들어 선물 하나씩을 안게 해드리는 날이었다. 아이들에게 저들의 세상이 아니라 그날만큼은 부모님을 특별히 생각할 수 있어야 한다는 사명감을 가슴 뭉근하게 채워주곤 하던 날이었다. 그런 행사들이 사라진 요즈음, 어버이날은 여전히 남아 있으나 축제 같은 분위기는 사라진 지 오래다. 돌이켜 생각해보면 효도라는 건 별 게 아닌 것 같다. 그렇게 한바탕 입이 찢어지도록 웃으면서 같이 노는 것만으로도 효도가 되는 것을.

부모의 역할에 대한 변화가 오면서 그 의미도 퇴색해버렸고 급기야 그 근본까지 흔들려버렸다. 어버이날에도 요양원에는 홀로 누워있는 노인들이 있고 자식들은 부모를 만나러 가는 일을 최우선으로 하지 않는다. 학생들에게 질문해보면 전화 한 통 했다는 것으로 충분히 할 일은 했다는 반응이다. 그런데 그마저도 반반이다. 왜 전화를 해야 하느냐는 반응을 보이기도 한다. 그렇게 의식이 달라진 학생에게 예전에는 어떠했다는 등의 말은 아무 의미도 되지 못한다. 그렇지만 쉽게 포기할 수 없는 일이 젊은이들이 가져야 할 부모에 대한 의식이다. 예로부터 신체발부 수지부모(身體髮膚 受之父母)라는 말로 부모에 대한 감사와 존경의 의식을 고취해 왔던 우리 민족이 아닌가. 그 말이 사라지고 의미는 웃음거리로 전락

하고 말았지만 그 의식까지 사라진다면 우리 사회는 무엇을 근간으로 사회성을 형성하고 가족이라는 관계망을 형성하며 살아갈 수 있을 것인가. 그나마 다행한 일은 이야기를 진행하고 끊임없이 질문하는 과정에서 학생들이 부모에 대해 안타까워하고 때때로 감사함을 느끼게 되는 변화를 확인한 일이다.

사회는 급속도로 변화하고 기계가 사람을 대신하는 시대가 됐다. 외식하는 가족들의 테이블을 보면 대부분 각자의 휴대폰을 들여다보고 있다. 그 또한 문명의 폐해다. 가족이라는 울타리가 가진 사랑과 존경, 믿음 같은 것들이 고스란히 기계 속으로 사라지는 순간인 것이다.

햇살 좋은 오월, 경로당이나 양로원, 요양원 등에 있는 노인들을 모셔놓고 운동장에서 한바탕 윷놀이라도 했으면 좋겠다. '모다! 윷이다!' 하는 사이 그들이 세월을 잊고 젊은 한때의 그 날로 돌아가 한바탕 입이 찢어지게 웃게라도 했으면 좋겠다. 만약 부모님이 없었다면 나는 한 마리 나방으로나 이 눈부신 오월을 떠돌았을 수도 있을 터이다.

7. 변방은 없다

　학기가 끝나고 난 후 학생들과 함께하는 봉사활동에 참여하게 되었다. '재능기부 사랑봉사단'이라는 명명하에 보건계열의 학생 스무 명이 중심이 된 활동이었다. 코로나 19로 인하여 대부분의 활동이 축소되거나 취소되었던 터라 오랜만에 행사를 준비하는 학생들은 들떠 있었고 인솔하는 책임자들은 과정이 원만하게 이루어지지 않을 상황까지도 대비해야 했으므로 마음이 분주했다. 학생들이 모든 것을 스스로 준비하고 자신들의 역할을 정확히 배분하고 있었기에 진행은 매끄러웠으나, 참여자들에게 다양한 체험을 하게 하려면 최대한의 장비를 챙겨서 들고 가야 했는데 그 부피나 무게가 만만치 않았다.

　우리가 당도한 곳은 울릉도였다. 섬에 다다라 그곳에 있는 의료시설을 파악하던 중 동경하던 아름다운 섬에 의료혜택은 무척 열악하다는 것을 알게 되었다. 지역사회를 중심으로 활발하게 이루어지고 있는 다양한 봉사의 손길도 섬에까지는 제대로 미치지 못했다는 걸 알 수 있었다. 아무래도 시간과 경비의 난제를 해결하기가 쉽지 않은 것이 이유였을 것이다. 응급구조과의 학생들은 심폐소생술 교육을 위해 자원봉사센터로 가고 치위생과와 간호학과 학생들은 초등학교로 갔다. 초등학생들에게 올바른 칫솔질과 치약 만들기를 통해 구강위생의 중요함을 알려주었고 올바른 손 씻기를 통해 여러 가지 감염 상황으로부터 자신을 보호하는 방법과 레벨 D 보호장구를 입어 봄으로써 매스컴에서만 보던 간호사를 직접 체험하게 해 주었다.

처음에는 관심을 별로 보이지 않던 학생들이 치약을 직접 만들고 보호장구를 착용해보면서 적극적인 호응을 하였다. 6학년 몇몇은 졸업식에 보호장구를 입고 참석하겠다면서 자신들이 입어 보았던 장구를 줄 수 있느냐고 물었다. 잘 정리하여 흔쾌히 선물로 주자 아이들은 뛸 듯이 기뻐하며 자신들도 이제부터 간호사라고 환호성을 질렀다.

어떤 일에 재미가 생기는 것은 그것을 알게 되었을 때부터이다. 그것이 무엇인지도 모르는 상황에서는 좋고 싫음에 대한 판단을 할 수가 없다. 관심을 가질 수도 없다. 변방에 사는 사람들이 열악하다는 것은 무엇이든 접촉의 기회가 적다는 의미라는 생각이 든다. 손만 뻗으면 온갖 체험의 기회들이 즐비한 도시 아이들과 달리 섬에 사는 아이들에게는 기회가 충분하지 않은 것이다. 변방이라는 말은 알게 모르게 자신감을 떨어뜨리고 의기소침하게 만든다. 그렇지만 다행히도 울릉도의 맑고 건강한 초등학생들은 변방이라는 말이 무슨 말인지 모른다. 그들에게 그 말이 무슨 의미가 있을까. 그들의 마음에는 아직 변방이 없다.

"우리는 이가 아파도 바로 치료받을 수 없고 갑자기 어디가 심하게 아프면 헬기를 타고 육지로 나가야 치료를 받을 수 있어요. 의료의 혜택이 너무나 열악한 이런 곳도 있다는 것을 여러분들이 기억해 주어야 해요. 장차 여러분이 의료인이 되었을 때 오늘의 우리 아이들을 생각해 주고 기회가 된다면 언제든 오늘처럼 우리에게 와 주시기를 바랍니다." 저동 초등학교 교장 선생님의 조용하고 따뜻한 목소리였다. 지친 발걸음을 끌고 그 자리에 당도하여 어깨가 처져있던 학생들의 눈이 반짝 빛나는 것을 볼 수 있었다. 자신이 지금 얼마나 의미 있는 일을 하는 건지 그 순간 알게 된 것 같았다. 활동을 마치고 나오면서 교장 선생님의 말씀을 듣는 순간 가슴이 뭉클했고 의료인의 길을 택한 것이 자랑스러웠다고 몇 학생은 입을 모았다.

출발도 어려웠고 돌아오는 길은 강풍으로 인해 더 어려운 길이었다. 섬 사람들에게 의료체험을 시켜주기 위해 간 길이었지만 변방은 환경이 아니라 마음에 있다는 것을 느끼고 돌아왔다. 우리가 마음치유의 체험을 하고 온 셈이다. 변방은 어디에나 있다. 그리고 또한 그것은 어디에도 없다.

8. 먼지의 세상

그날의 먼지 농도를 살펴보는 일로 하루가 시작된 지 오래다. 창문을
열지 못하고 산 지가 오래고 거리에서 크게 웃거나 말하는 일을 삼가고
지낸 지가 오래다. 그런데 생각해 보면 먼지는 처음부터 그 어디에든 있
었다. 아무리 깨끗이 털어낸 옷에도 다시 먼지는 붙어 있었고 정성 들여
닦아낸 바닥에도 먼지는 또다시 떨어져 있기 마련이었다. 먼지와 같이
사는 것이 일상이었고 어쩌다 햇살 속에 점점이 떠오르는 먼지를 볼 때
면 신비로움마저 일곤 하던 때도 있었다. 그러니까 그때는 먼지가 아니
라 우리의 세상이던 때였다.

아마 먼지의 역사는 지구의 역사와 같을 것이고 인류가 진화하듯 먼지
도 대를 이어 진화하면서 여기까지 왔을 것이다. 내 기억의 가장 아랫부

분에 저장되어있는 먼지는 마른 논바닥에서 일던 흙먼지이다. 겨우내 그 논바닥에서 뛰어다니며 놀곤 했는데 우리들의 발에 그 바닥이 단단히 다져지기 전 그곳에는 눈을 뜨고 견딜 수 없을 만큼의 흙먼지가 일곤 했다. 그런데도 그것은 아랑곳하지 않고 뛰어놀다 보면 머리 위가 뽀얗게 될 지경이었다. 그렇게 놀다 집으로 들어가면 엄마는 옷을 벗겨 먼지를 털어내곤 했는데 방바닥이 뿌연 흙먼지로 자욱해지곤 했다. 그래도 먼지 때문에 건강이 나빠지겠다는 생각은 한 번도 해본 적이 없었다.

그런데 최근 우리를 뒤흔드는 먼지는 그런 차원의 먼지가 아니다. 시대가 바뀌면서 먼지가 진화를 한 것이다. 예전에 우리는 동네에 한두 번 들어오던 버스를 타고 다녔다. 그런데 지금은 승용차를 타고 다니고, KTX를 타거나 비행기를 타고 다닌다. 그때는 나무로 밥을 짓고 난방을 했다면 지금은 가스나 기름을 연료로 사용하여 온갖 일상생활을 한다. 우리의 생활이 이렇게 변화됨에 따라 먼지도 여기에 맞춰 변신을 시도해 왔다고 할 수밖에 ….

우리의 건강을 위협하는 미세먼지는 눈으로 볼 수 있던 그 먼지가 아니다. 머리카락의 10분의 1 정도 되는 크기의, 눈으로는 구분도 할 수 없는 미세먼지다. 더욱이 그것은 자연 현상에서 일어나는 먼지가 아니라 문명의 발달이 빚어낸, 생활 수단이 되는 여러 기계에서 배출되는 먼지들로 그야말로 몸속에 축적이 되는 먼지들이다. 특히 크기가 더 작은 초미세먼지는 몸에 더 잘 축적되며 혈관을 타고 전신으로 퍼져 심혈관계의 여러 질환을 일으킬 수도 있다. 그러므로 심혈관질환을 이미 앓고 있는 사람에게는 더욱 치명적이기도 하거니와 정상인들도 그것으로부터 자유로울 수가 없다는 것이 문제다. 각종 알레르기 반응을 경험할 수도 있을 것이며 취약한 부분이 있다면 그곳이 공격받을 우려도 있다. 이러다가는 인류 종말론자들이 예언하던 바이러스나 종교 등이 아니라 먼지에 뒤덮여 이 인류가 끝나 버릴 수도 있지 않겠는가.

어떤 나라에서는 도시 곳곳에 초대형 공기 청정기를 세우기도 한다고 한다. 아직 우리는 여기에 대한 대책은 아랑곳없고 정치인들은 변함없이 그들의 권력을 지키고 뺏으려는 투쟁으로 일관하고 있다. 어쩌면 이 먼지가 이 시끄러운 세상을 잠재워보려는 의도로 우리나라를 뒤덮고 있는 것은 아닐까. 먼지가 나날이 더 거세어지는 이유는 아무리 두드려도 아무 반응 없이 우리의 싸움에만 매달리기 때문이 아닐까.

멀리로 보이던 푸른 하늘을 못 본 지가 한참 된 것 같다. 아파트 꼭대기에 걸려있던 뭉게구름을 본 지도 한참 됐다. 이제 이 세상은 우리의 세상이 아니라 먼지의 세상이다. 다시 우리가 이 세상을 차지해야 하지 않을까. 그렇다면 우리는 어찌해야 할까, 어떻게 하면 좋을까.

9. 거침없이 실패하기를

한 번쯤 거울 속의 나에게 말해보자. 넌 참 사랑스러워, 넌 참 대단한 사람이야, 라고. 이미 그래 본 적 있다면 알 것이다. 그 순간 스스로가 얼마나 특별한 사람으로 거듭나는지. 스스로를 사랑할 줄 아는 사람만이 타인을 사랑할 수 있다고 말하면서도 우리는 다른 사람의 잣대에 자신을 맞추려는 노력을 쉬지 않는다.

오늘 아침 외출 준비를 하면서 당신은 거울을 몇 번이나 보았을까? 셔츠와 맞는 바지를 고르느라 입었다 벗었다를 몇 번이나 반복했을까? 현관을 나서기 직전 신발이 적당한지 아닌지 곁눈질까지 하면서 몇 번이나 거울을 쳐다보았을까? 그러다 신발 때문에 다시 들어가 바지를 바꿔 입고 나오지는 않았을까. 그런 다음 아파트 화단에 핀 낯선 꽃들에게 그랬을지도 모르겠다. 넌 참 예쁘구나, 옷 한 번 갈아입지 않아도 넌 그대로 참 예쁘구나, 어쩌면 그것은 그 꽃이 당신에게 하는 말일지도 모른다. 그러니까 한 번쯤은 꽃의 말을 먼저 들어보자. 그 꽃은 부러운 눈초리로 당신을 향해 말할 것이다. 참 아름답습니다, 당신.

그러니까 이미 아름다운 당신이 모르는 것이 있다. 당신과 소통하는 것에 관한 것이다. 마음에 드는 사람에게 잘 보이려고 다림질을 하고 루주를 바를 때를 생각해 보라. 이제 당신이 지나쳤던 자신을 찾기 위해, 이 세상 그 누구도 아닌 당신을 위해 오늘은 아이크림을 바르고 굽 높은 샌들을 신어야 할 것이다. 다른 그 누구도 아니고 오직 당신을 위해 거울 앞에 서 보아야 할 것이다. 그런 다음 아름다운 당신을 향해 서슴없이 칭찬해 주어야 할 것이다. 그리고 그동안 자신을 서랍 속 깊은 곳에 넣어뒀음에 대해 사과해야 할 것이다. 당신이 스스로를 사랑할 준비가 얼마나 잘 되어 있느냐에 따라 그 사과의 시간은 달라질 것이다. 당신과 당신의 눈이 마주치고 내가 참 아름답구나, 발견하게 된다면 그 화해는 성공적이다. 내일이면 또 다른 당신 하나가 자신을 비판한다 하더라도 걱정할 것은 없다. 본래 그런 것이다. 좋은 것과 좋지 않은 것은 함께 간다. 소통이라는 말이 이 세상에 존재하게 된 이유가 바로 그것 때문이다.

당신과의 화해가 잘 이루어졌다면 이제 창문을 열고 하늘을 한 번 보라. 보이지 않던 별빛 하나가 유난히 밝게 들어올 수도 있고 없었던 것 같은 가로등 하나가 유난히 환하게 나무 그늘을 비추고 있음을 발견할 수도 있을 것이다. 그것을 발견하게 되는 눈은 당신이 당신과 소통하였기 때문에 오는 결과물이다. 이제 당신은 휘청거리며 지나가는 바람의 어깨를 쓸어줄 수 있을 것이다. 찬 빗방울을 향해 손등을 내어 줄 수도 있을 것이다. 사랑은 마음으로부터 온다. 당신이 당신을 사랑하는 마음으로 가득해져 있으므로 그 어떤 폭풍 속에서도 당신은 뜨거울 수 있다.

그러니까 아침 드라마를 보면서 한숨을 쉴 필요도 없고 백화점 쇼윈도를 보면서 마음 불편해할 이유도 없다. 당신의 존재를 스스로 확인하였다면 당당하게 걸어가면 되는 것이다. 당신을 존재하게 하는 것은 욕망의 주머니에 가득한 언젠가는 소멸하게 될 그런 소비물이 아니라, 당신과 영원히 공존하게 될 존재 그 자체인 것이다. 혹시라도 오늘 점심을 남편 자랑으로 일관하는 사람과 먹었다 하더라도, 그 자리에서 한마디도 할 이야기가 없었다 하더라도 아무런 문제가 될 수 없다. 당신이 스스로와 소통의 끈을 놓지 않는 한 결국 승리자는 당신일 수밖에 없다. 누군가를 사랑하고 싶다면 스스로를 사랑하기부터 시작하면 된다. 누군가를 사랑하고 싶은 마음이 온다면 스스로를 사랑하는 마음이 있는지 점검하면 된다.

다만 이기적인 것과 이타적인 것에 대해 생각하지 않을 수는 없다. 나를 사랑하되 이기적이기만 하다면 그것은 실패할지도 모른다. 나를 사랑하는 이유가 오직 나만을 사랑하기 위해서라면 그것은 올바르게 사랑하는 것이 아니다. 나를 사랑하는 것은 타인을 수용하기 위한 전 단계이지

타인을 배척하기 위한 방어벽은 아니라는 뜻이다.

  이제 무엇이든 사랑할 준비가 끝났다면 자신 있게 거리로 나가라. 그리고 거침없이 실패하라. 치유가 필요하다면 제 자리로 돌아와 당신으로부터 다시 시작하면 된다.

10. 사랑은 죽지 않았다

쉘 실버스타인의 동화 '아낌없이 주는 나무'는 어린이뿐만 아니라 어른에게도 깊은 감동을 주는 동화로 꼽히고 있다. 한 그루의 나무가 자라서 목숨을 다하는 날까지, 그리고 죽어서도 자신을 나누어 주는 삶은, 희생적이고 무조건인 사랑에 대한 비유로 자주 언급되고 있다. 나무를 빌어 사람의 사랑을 이야기 하는 작가의 의도는 현대인들이 잃어가고 있는 사랑에 대한 일깨움에 있는지도 모른다. 사람도 나무처럼 사랑하고 있는가, 한번 생각해볼 일이다.

니체는 사람들이 신처럼 떠받들던 절대적 가치가 그 본질의 의미를 잃고 허무가 만연해진 시대에 대해 '신은 죽었다'고 말했다. 굳이 철학적인 가치로 접근하지 않더라도 신이 죽었다고 말하는 것은 인간의 가치가 죽었다는 의미이며, 그리 말하는 것은 그 가치를 되찾자는 간곡한 외침으로 유추해 볼 수 있다. 니체식으로 보자면 현대는 물질문명이 극대화된 왜곡된 신의 시대이다. 왜곡된 신은 왜곡된 인간의 가치이며 그 가치는 사랑이라는 인간 감성이 변질되었다는 의미로 보아도 될 것이다. 현대는 사랑이 죽은 시대, 그렇다면 통곡하듯 불러보아야 할 것인가. 사랑아!

얼마 전 화재진압 현장에서 순직한 소방관 이야기가 매스컴을 떠들썩하게 했다. 대선에 따른 정치적 이슈로 일색이던 뉴스가 일제히 소방관들의 죽음을 보도했다. 그들의 죽음은 한쪽으로 치우쳤던 사람들의 시선을 제자리로 잠시 돌려놓는 역할을 했다. 우리는 어떤 직업에 대해 천직이라는 말을 하곤 한다. 인간의 의도로는 감히 접근하기 어려운 애착과 열정이 뒤따르고 그것이 그 사람과 일체가 되는 느낌이 들 때 그런 말을 하곤 한다. 특히 천직이 아니라면 감히 엄두도 못 낼 직업이 바로 소방관이다. 전적으로 타인을 위한 봉사나 희생정신이 있어야 선택할 수 있는 직업이기 때문이다. 간호학을 전공하는 학생 중 소방관을 꿈꾸는 학생이 더러 있다. 놀랍게도 소방관이 되겠다는 학생들의 말은 하나같이 누군가를 구할 수 있는 보람이 그 이유라고 말한다. 그러니까 소방관이 된다는 것은 좋은 직업을 갖는다는 의미도 아니고 안정된 수입을 꿈꾼다는 의미도 아니다. 그야말로 사람을 위한 한 그루의 나무가 되겠다는 다짐과 다를 바가 없는 것이다.

김수환 추기경은 사람은 사랑에서 왔으며 남을 사랑하는 데서 자기완

성에 이를 수 있으므로 조건 없이 자신을 내줄 만큼 사랑할 줄 아는 이는 가장 큰 자유를 누리는 사람이라고 했다. 실버스타인의 동화는 인공지능이 생활화되고 나무의 삶을 생각해보는 여유를 누리지 못하는 현대의 어린이들에게도 필독서이며 아이들은 그 동화 속에서 이타적인 삶이 어떤 것인지를 배우고 있다. 사랑이 죽었다고 아무리 외쳐도 누군가는 나무 같은 부모가 되고 누군가는 소방관이 되는 꿈을 꾸는 것이다.

그러므로 사랑이 죽었다고 말하기에는 세상이 여전히 아름답다. 위험을 무릅쓰고 4차선 도로 중간에 떨어진 나무상자를 치우는 손길이 있고 버려진 동물을 애틋하게 돌봐주는 손길도 있다. 루트번스타인이 모든 지식은 관찰에서부터 시작된다고 말했듯 사랑 또한 그럴 것이다. 적극적인 관심이 사랑을 발견하게 하고 실천하게도 할 것이다. 겨울나무를 자세히 본 적이 있는가. 나무는 누군가 저를 쳐다보는 것에 아랑곳하지 않고 겨울바람에 흔들린다. 나뭇잎 하나 없이 앙상한 가지가 추운 기색도 없이 그냥 겨울바람에 제 몸을 맡기고 있다. 지나가던 아이가 무심코 가지 하나를 툭 끊어도 몸을 비틀지도 않고 그대로다. 그대로 허공에 몸을 맡기고 겨울을 견디는 것이다. 그렇지만 자세히 들여다보면 알 수 있다. 그 앙상한 가지가 보일 듯 말 듯 흐느끼는 것을.

사랑을 안다는 것은 그런 것이다. 상대방의 입장에서 상대방을 자세히 들여다보고 상대방이 되어보는 것이다. 그러면 누군가 실수로 어깨를 치고 지나가더라도 날카로운 눈으로 뒤돌아보지 않을 것이다. 우리는 아직 사랑의 시대에 살고 있고 신은 죽지 않았다. 죽지 않은 신이 당신의 아픈 이마를 짚어주며 당신과 나란히 걸어주고 있다. 사랑은 아직 죽지 않았다.

11. 귀에 대한 오마주(hommage)

사람은 여러 가지 감각기관을 가지고 있다. 그중 특별히 한 부분의 감각이 뛰어난 사람도 있을 것이고 반대로 둔감한 감각을 가진 사람도 있을 것이다. 사람에게 감각이 중요한 이유는 그것을 통해 희·노·애·락을 느끼고 삶의 다양성을 맛볼 수 있기 때문이다. 맛있는 음식 먹기를 좋아하는 사람은 미각을 통해 삶의 기쁨을 얻는 것이고 향수를 좋아하는 사람은 코가 느끼는 감각에 그 누구보다 예민한 사람이다. 또한 음악가라면 그 어떤 감각보다 청력에 그 특별함이 깃들어 있을 것이다.

나는 음악가는 아니지만 듣는 일을 그 어떤 감각보다 소중하게 생각한다. 들려오는 소리 소리들을 전부 소중하게 생각하는 편이다. 소리에 대한 특별한 감각을 가진 것도 아니면서 듣기에 관심을 가지게 된 데에는 이유가 있다. 어느 날 사람에게 마지막까지 남아있는 감각이 청각이라는 것을 알게 되었고, 무의식 환자라도 청각만은 살아있어서 주위의 소리들을 감지할 수 있다는 사실을 알게 되었기 때문이다.

언젠가 임종이 가까워진 환자의 보호자들이 침상 옆에 모여 서 있는 것을 보았다. 그런데 그들이 나누는 말이 "이제 돌아가실 때가 됐다", "하고 싶은 것을 충분히 하셨다" 등등의 말이었다. 그들의 등을 떠밀어 병실에서 나가게 하고 싶었지만 그럴 수도 없는 일이어서 내 입술에 손가락을 갖다 대며 조용히 해 달라는 신호를 보냈다. 그런데도 그 보호자들은 아랑곳없이 옆에서 음료수를 마시거나 그들의 개인적인 이야기들을 주고받으며 환자로부터 등을 돌리고 서 있는 것이었다.

생각해보자. 죽을 때가 다 된 내가 침상에 누워 있다고 가정해 보자. 평균 수평이 80세 이상으로 늘어났으니 난 85세쯤 되었을 것이다. 난 의식을 잃었고 내 바람대로 '심폐소생술 금지' 서약에 보호자들이 사인도 했다. 나는 소생을 위한 아무 의료처치도 받지 않은 채 덩그러니 침상에 누워있다. 그런데 생각처럼 나는 빨리 죽지 못한다. 내가 곧 죽을 줄 알고 슬픈 얼굴로 내 병실로 찾아왔던 가족들이 조금씩 지치기 시작한다. 누군가는 커피를 사러 가고 누군가는 긴 의자를 찾아 떠난다. 그래도 나는 참 지루하게도 죽지 않는다. 호출이라도 받을 줄 알고 병원 내에서 기다렸던 가족들이 나누어 집으로 돌아가고 몇 사람은 교대 시간까지 기다린다. 남은 가족 두 사람이 내 옆에서 대화를 나눈다. "아이구 이제 그만 편하게 가시지, 무슨 미련이 이렇게도 많은지." "이럴 수도 없고 저럴 수도 없고…… 전부 바쁜 세상에 얼마나 더 이렇게 있어야 될까" 등 나를 원망하는 말들이 자꾸 늘어간다. 어쩌다 한 사람이 그래도 참 열심히 살다 가는 거라고 말하기도 하지만 다른 사람의 말에 금방 묻혀버린다. "갈 때 되면 가야지……." 난 눈을 감고 웃을 것이다. 그러다 눈물을 흘리고 말 것이다. 죽음을 기다리는 내가 슬프게 웃으면서 흘려야 하는 눈물이라니! 나는 내가 삶을 마무리하는 순간 적어도 듣고 싶은 말이 있다. 당신 참 잘 살았어, 당신을 정말 사랑해, 앞으로도 언제나 사랑할 거야, 당신이 없더라도 우리는 당신을 언제나 기억할 거야, 당신이 언제나 그리울 거야, 같은 말들…….

나는 지인들에게 귀가 백 개쯤 된다는 자랑을 하곤 한다. 무엇이든 잘 들어줄 용의가 있다는 말이기도 하지만 또한 누군가가 내 말을 잘 들어줬으면 하는 바람의 말이기도 하다.

이 글을 읽으시는 이여! 부디, 오늘 내 말을 잘 들어주세요. 당신이 이 세상에서 마지막으로 듣고 싶은 말이 있다면 떠나는 이에게 귓속말로 그 말을 들려주세요. 그 순간 떠나는 이가 흘리는 눈물이 얼마나 큰 기쁨의 눈물일지는 말 안 해도 아는 일, 그러니 당신, 오늘 진지하게 한번 생각해보세요. 당신은 이 세상을 떠날 때 무슨 말을 마지막으로 듣고 싶은가요?

12. 굿모닝

연하장이 범람하는 즈음이다. 모바일 기기의 발달로 소위 단톡(단체 카카오톡)이 쉴 새 없이 날아드는가 하면 단체 문자가 밤낮을 가리지 않고 배달되기도 한다. 우체국에 가는 번거로움 없이 쉽게 새해 인사를 대신할 수 있으니 이보다 더 편리하고 좋은 세상이 있을까.

우리나라는 예로부터 예의를 중시해왔다. 아랫사람은 윗사람에게 예의를 다하는 것이 당연하고 부하 직원 또한 상사에게 깍듯한 예의를 갖추는 것이 당연한 일이었다. 그렇게 상대방을 존중한다는 표식 중 하나가 인사를 잘하는 것이었다. 이렇듯 예의를 중요시하고 윗사람 공경하기의 대가인 우리나라 사람들을 보고 외국인들은 표정이 없다거나 잘 웃지 않는다 등의 평가를 내리기도 한다. 그러고 보면 산책길이나 동네 골목에서 만난 외국인들은 유난히 밝은 고음으로 인사를 잘했던 것도 같다. 그러니 우리도 질 수 없지 않은가. 하물며 동방예의지국의 국민인데….

어느 날 정년을 앞둔 한 선생이 엘리베이터를 탔는데 젊은 청년이 타고 있었다고 한다. 눈이 마주쳤는데 그 청년이 인사를 하지 않아 그는 기분이 조금 상했다. 1층에 도착하고 엘리베이터에서 내려 걸어 나오면서도 내내 기분이 언짢았고 그 기분은 종일 지속되었다. 그런데 한참 뒤 돌이켜 생각해 보니 청년이 인사하기를 기다릴 것이 아니라 연장자라 하더라도 자신이 먼저 인사 한마디 했으면 됐을 것을 그리하지 못한 데 대해 후회가 생기더라는 것이다. 그래서 그 후로는 엘리베이터에서건 어디에서건 언제나 먼저 인사를 건넨다는 것이다. 그리하고 나니 온종일 기분이 좋고 상대방 또한 그렇게 대해 주더라는 것이다.

인사하는 방식은 여러 가지가 있다. 내가 어렸을 때 우리나라의 어른들은 대체로 그놈 참 잘 생겼네, 라는 말로 인사를 했는데 누구나 좋은 덕담으로 여겼다. 사업가 한 분은 어렸을 때 버스를 타고 가던 중 옆에 선 노신사 한 분이 "그놈 참 잘 생겼다. 앞으로 큰 사람 되겠어"라고 생전 처음 보는 그에게 인사를 하더라고 했다. 그 후로 그는 정말 사업가가 되었고 그 노신사의 말이 오랫동안 좋은 에너지가 됐다고 했다. 이제 스스로 노신사가 된 그 사업가는 간혹 아이들에게 그놈 참 잘 생겼다고 인사를 한다고 했다. 세상은 그렇게 돌아가는 것이리라. 자기가 받은 좋은 에너지를 다시 누군가에게로 전해주면서 사람들이 모여있는 사회는 아름다워지는 것이리라.

시대가 바뀌었다고는 하나 먼저 건네는 인사를 기분 나빠하는 사람은 없을 것이고 훌륭한 사람이 되겠다는 덕담을 싫어하는 사람 또한 없을 것이다. 다만 최근 언어의 유희가 엉뚱한 데로 흘러 남을 비하하거나 자기를 자학하는 말들이 오히려 주목을 받을 때가 있기도 하다. 연하장에는 정중하고 고운 말이 아니라 은어나 비속어가 섞인 말들이 난무하고 젊은이들이 붐비는 거리에 나가면 반쯤은 알아들을 수도 없는 외계어 같은 말들이 떠다닌다. 구십 도로 허리 구부려 인사하는 사람은 천연기념물 즈음으로 취급당하고 어른들과 같이 일을 도모하는 사람은 구시대적이고 독립적이지 못하다는 취급을 당하기도 한다. 타인이 알아들을 수 없는 말을 제일 잘 구사하는 사람은 박수를 받고 남을 잘 무시할 줄 아는 사람은 차별화된 리더로 인정을 받는다.

시대가 바뀌었으나 우리는 단군의 후손이고 부모님을 빌어 이 땅에 왔다. 인사 한마디 잘 해주는 것만으로도 온종일 기분이 좋다는데 그게 무어라고 그렇게 아끼려 드는 걸까. 지난해 나에게 온 행운이 무엇이었던가를 돌이켜 보기 전 얼마나 인사를 잘하고 살았는지에 대해 한번 생각해 보자. 한 시인은 아침에도 굿모닝, 저녁에도 굿모닝, 한다는데 그 어떤 말이면 어떤가. 오늘은 만나는 사람에게 내가 먼저 인사해 보자. 그러고 나면 기분 좋은 나를 가질 수 있을 것이다. 분명하다. 당장 한번 확인해 보라.

13. 새희망 운동

해가 바뀌고도 세상은 변함없이 침울하고 어둡다. 사람들의 어깨는 움츠러져 있고 걸음걸이는 빙판길을 걷는 듯 조심스럽다. 점포임대를 내건 상가들이 즐비하고 휴업을 알리는 식당들도 늘어났다. 놀이터는 텅비어있고 삼삼오오 재잘대던 아이들의 등하굣길도 보이지 않는다. 흩어져 살던 가족들은 한자리에 모이지 못하고 이웃과 나누던 소소한 일상은 지난 세기의 일처럼 아득해졌다. 축복으로 넘치던 결혼식은 간소해졌고 계좌번호로 조의금을 입금하는 조문이 자연스러워졌다. 잠시 폭죽처럼 부풀었던 위드코로나, 불꽃은 채 피지도 못한 채 얼어붙고 말았다.

코로나19는 우리 삶에 많은 변화를 가져왔다. 이 변화를 굳이 긍정적으로 보자면 겉치레와 거품을 빼는 데에 일말의 기여를 했다는 것이다.

그러나 현대문명이 부추겨왔던 사회적인 단절은 더욱더 가혹해졌다. 더욱이 그것은 가족 속으로도 스며들어 명절 등의 미풍양속을 깨트리기까지 했다. 가족과 친척들은 공식적으로 거리를 두면서 안부를 묻는 것조차 잊고, 잊은 채로 살아가는 나날이 되었다.

최근 출간된 '코로나 사피엔스'는 코로나 이후의 시대를 전망하고 위기 극복에 대한 대안이나 방지책을 짚어보고 있다. 여섯 명의 석학들은 현재가 과거의 무분별한 자연훼손이 만들어낸 재앙이라는 데에 동감하고 있으며 이 위기는 국가만의 문제가 아니라고 말하고 있다. 이 불안의 시대가 더 큰 재앙으로 전이되지 않도록 막는 데에는 사회나 개개인의 의식 고취가 필요하다고 역설하고 있다. 이들이 전망하고 있는 코로나 이후의 미래는 불안 그 자체이다. 결국 지금 우리의 대처가 어떠하냐에 따라 인류 존망의 결과가 나타날 것이라 예측한다. 이들이 보고 있는 가장 극단적인 재해의 원인은 인류의 자연 침범이다.

어느 해 학우들과 야외 수업을 한 적이 있었다. 음식 냄새를 맡고 날파리들이 날아왔고 그것을 잡느라 책을 휘젓고 있을 때 옆에 계시던 선생님이 한 말씀 하셨다. "여기는 본래 우리 자리가 아니라 이 벌레들의 자리야. 우리가 침범했는데 이 벌레들이 침입자인 양 우리 멋대로 칼을 휘젓고 있는 거지." 코로나19가 시작된 지점도 그러했을 것이다. 야생동물이 저들의 자리에서 살아갈 수 있도록 침범하지 말아야 했던 것이다. 인류 최대의 실수는 바로 이 침범이었을지도 모른다.

1970년대, 우리나라에는 새마을 운동이 있었다. 경제적으로 피폐했던 우리나라가 단번에 선진국 대열에 올라서는 원동력이 되었던 이 운동은 지금까지도 해외에서 벤치마킹을 하러 올 정도로 훌륭한 운동이었다. 새마을 운동에 동참하기 위해 초등학생들은 일요일마다 빗자루를 들고 나가 동네 길을 쓸었고 어른들은 민둥산에 올라가 나무를 심었다. 아무도 왜 길을 쓸어야 하느냐고 묻지 않았고 그것이 추억이 되는 사이, 우리나라는 급발전을 이루어 선진국이 되었다.

지금 우리에겐 그러한 운동이 필요하다. 깜깜한 골목에 가로등 하나가 켜지듯 순식간에 우리 마음을 밝혀줄 운동, 거리를 쓸거나 나무를 심으면서 우리의 미래를 가꾸었듯이 우리는 희망을 심어야 한다. 그리하여 가족끼리 둘러앉아 명절의 즐거움을 나눌 수 있어야 하고 아이들은 놀이터에서 마스크를 쓰지 않아도 마음껏 뛰어놀 수 있어야 한다. 이제 국가나 사회를 상대로 분노하고 있을 수만은 없다. 개개인이 미래를 준비하지 않는 한 우리에게 미래는 없을지도 모른다. 일회용품 사용을 자제해야 하고 산을 깎아 내거나 함부로 길을 만들지 말아야 한다. 그럼으로써 우리는 스스로 희망백신을 맞을 수 있을 것이다. 그것이 바로 이 시대의 새희망 운동이다.

14. 소확행

대학생들에게 가장 관심이 있는 주제를 중심으로 연설문을 만들고 직접 연설을 해보라는 과제를 주었는데 한 그룹이 행복에 대해 발표하겠다고 했다.

이 큰 주제를 놓고 어떻게 하려나 하는 걱정스러운 마음이 들었지만 요즈음 학생들이 생각하는 행복은 도대체 무엇인지 궁금하던 터라 귀를 기울였다.

"우리가 생각하는 행복은 특별한 데 있는 것이 아니라는 걸 이번 과제를 통해서 알게 되었습니다. 그렇다고 행복의 조건이 첫째도 둘째도 돈이라는 생각에 변화가 생긴 것은 아닙니다. 돈은 우리가 행복해지기 위해 필수적인 요건입니다. 그렇지만 새롭게 느끼게 된 것은 돈은 우리가 행복해지기 위해 좋은 수단이 되는 것일 뿐 그것이 행복의 조건은 아니라는 것입니다. 어제 저는 친구와 버스 터미널에서 만나 근처에서 떡볶이를 먹었습니다. 맛있는 떡볶이를 먹으면서 우리는 오래 수다를 떨고 행복하게 지냈습니다. 이때 돈이 없었다면 우리는 그 가게에 들어가지 못했을 것입니다. 그래서 돈이 있어서 그 한때가 행복한 순간이라 생각할 수도 있습니다. 그러나 다시 생각해보니 저는 친구와 만나서 행복한 것이었지 떡볶이를 먹어서 행복한 것은 아니었습니다. 공원을 같이 걸을 때나 시내를 돌아다니면서 수다를 떨 때도 우리는 늘 행복했습니다. 그러니까 돈은 우리가 행복해지기 위한 작은 수단일 뿐이라는 것입니다. 그러니 행복이라는 것은 돈에 있는 것이 아니라 친구와 걷고 수다 떨고 맛있는 것을 먹는 소소한 것에 있다는 것입니다. 저는 그래서 행복이라는 것은 소확행이라고 생각합니다."

한 학생이 질문을 했다.

"그렇지만 친구를 만나러 갈 때 차비가 들었을 테고 옷도 차려입었을 텐데 그런 것을 못 했다 하더라도 행복하다고 할 수 있었을까요. 그리고 작은 것만 행복이고 큰 것은 행복이 아닙니까?"

잠시 메모한 것을 뒤적이던 학생이 "작은 것만 행복이라는 말은 아닙니다. 제가 발견한 것이 그것이라는 말입니다. 이런 말을 어디에선가 봤습니다. 내가 가진 것을 보게 된다면 행복해질 테고 내가 가지지 못한 것을 보게 된다면 불행해진다고요. 저는 그러니까 제가 가진 것을 보게 됐다고나 할까요. 다시 말하자면 저는 가진 것을 보는 것이고 만약 학우가 내 생각과 다르다면 학우는 안 가진 것을 보는 셈이지요."

강의실에 아주 잠시 정적이 흘렀다. 질문을 한 학생도 대답한 학생도 얼굴이 벌겋게 달아올라 있었지만 그들은 그 누구보다 행복해 보였다. 결국 우리들에게 돈은 수단일 뿐 돈의 노예가 되어서는 안 된다는 결론으로 그 수업은 끝이 났다.

매스컴에서는 젊은이들이 저지르는 비행에 관한 뉴스로 연일 떠들썩하다. 그러나 그것은 일부의 일일 뿐이다. 우리 주위에는 아직 세상을 아름답게 느끼고 아름답게 살아가려는 대학생들로 가득하다. 무엇을 보고 무엇을 느끼느냐는 자유다. 그러나 굳이 무엇이든 봐야 한다면 가지지 않은 것보다는 자신이 가진 것을 보는 쪽이 더 현명하지 않을까. 가지지 못한 것을 채우려고 안간힘쓰면서 불행해지기보다는 작은 것이라도 자기가 가진 것을 알고 만족 속에서 행복을 느낀다면 그것이야말로 소확행이 아닐까. 소확행(小確幸)은 소소하지만 확실한 행복이라는 말이다. 멀리 있는 것을 잡으려고 애쓰기보다는 내 발밑에 있는 민들레를 생각하는 것이 더 현명하다는 말과도 같은 의미일 것이다. 행복은 소소한 것에 있다. 망설일 것 없이 고개를 들어보라. 지금 눈앞에 보이는 것, 무심코 스쳤던 사소한 것들에서 당신의 지난 행복을 발견할 수도 있다.

도서출판 득수 산문집

당신에게도 꼭 그런 사람이 있기를

1판 1쇄 2023년 7월 31일

지은이	**최라라**
펴낸이	**김 강**
편집	**채 윤**
디자인	**제일커뮤니티** 054 • 282 • 6852
인쇄 · 제책	**천우원색인쇄사**
펴낸 곳	**도서출판 득수**
출판등록	2022년 4월 8일 제2022-000005호
주소	경북 포항시 북구 장량로 174번길 6-15 1층
전자우편	2022dsbook@naver.com
ISBN	979-11-983924-0-4

값 17,000원